AF220670

Trips auf dem Weg

Von Winfried Kersten

Buchbeschreibung:

Die "Trips auf dem Weg" sind zu Worten gewordene Bilder, die dem Autor auf Reisen oder im Alltag begegneten, und zu schade sind, um in Vergessenheit zu geraten. In den Gedichten, oft mit Ironie gewürzt, wird uns häufig ein Spiegel vorgesetzt, der unsere eigene Bequemlichkeit ins Bewusstsein rückt. Die Kurzgeschichten weisen auf Alltägliches, das uns trotzdem sehr berührt. Kindergeschichten lassen auch Ältere schmunzeln und Romanauszüge zeigen fertige, aber bisher unveröffentlichte Projekte. So wie es überall ein Auf und Ab gibt, so sind auch die vorliegenden Texte mal ernst und mal heiter. Manchmal haben sie einen üblen Beigeschmack, mal lassen sie uns augenzwinkernd schmunzeln.

Über den Autor:

Winfried Kersten wurde 1955 in Berlin geboren, wohnt aber seit längerem im bayerischen Landsberg am Lech. Er schreibt eigentlich schon immer, hat das aber in den letzten zehn Jahren sehr intensiviert. So sieht er sich als "einen der gern schreibt".

Dies ist nach den "Fantastischen Island-Stories" seine zweite Buchveröffentlichung, die seine Arbeiten der letzten 40 Jahre zum ersten mal einem größeren Publikum zugänglich macht. Damit sind die "Trips" auch ein Spiegel der Zeit.

Trips auf dem Weg

Gedichte, Kurzgeschichten, Kindergeschichten, Romanauszüge

Von Winfried Kersten

winfriedkersten@arcor.de
www.winfriedkersten-autor.jimdofree.com

Impressum

1. Auflage, 2020
© Winfried Kersten – alle Rechte vorbehalten.

Herstellung und Verlag: BoD - Book on
Demand, Norderstedt
ISBN: 978-3-7526-4847-8
winfriedkersten@arcor.de
www.winfriedkersten-autor.jimdofree.com

Vorwort zu „Trips auf dem Weg"

„Trips auf dem Weg" ist eine Sammlung verschiedenster Texte, mit denen ich mich als Autor vorstelle. Es ist eine bunte Mischung aus Kurzgeschichten, Gedichten, Ausschnitten aus Romanprojekten und Kindergeschichten. Die Zielgruppe ist nicht festgelegt, denn ich glaube, wer gern liest, kann sich z.B. dem Charme eines „Tropf" nicht entziehen. Und auch wer nicht unbedingt Hundeliebhaber ist, wird trotzdem mit „Bullibu" mitfühlen. Nicht alle Texte sind fröhlich, oder angenehm unterhaltend, wie es die Belletristik doch so gern möchte. Gerade in den Gedichten ist ein bitterer Beigeschmack spürbar, der unsere lähmende Hilflosigkeit zeigt oder unseren Ärger auf den Plan ruft, weil es nun einmal himmelschreiende Ungerechtigkeit gibt.

Ganz bewusst, habe ich ergänzend das Datum angefügt, an dem die jeweilige Schrift entstanden ist. Auch wenn mein Start ins Autorendasein, in den letzten Jahren liegt, so sind einige Texte schon mehr als dreißig Jahre alt. Sie beenden mit diesem Buch ihr unbekanntes Dasein und werden zum ersten Mal einem breiten Publikum zugänglich gemacht. Damit zeichnet „Trips auf dem Weg" auch den langen Weg eines Schreibers nach, der sich vom Hobbyautor zum professionellen Autor entwickeln möchte. Eben „einer der gern schreibt".

Viele Kritiker werden sich daran stören, dass ich Erzählungen und Gedichte in einem Buch zusammenmische, aber ich möchte einen Einblick in „mein Schreiben" vermitteln, und da erlaube ich mir, gegen den Strom zu schwimmen. Zumal ich als Selbstpublisher für jede Kritik selbst verantwortlich bin.

Dieses Buch soll Spaß machen, auch wenn vieles nachdenklich stimmt. So hoffe ich, damit die Schar meiner Anhänger zu vergrößern, man weiß ja nie ...

Ich wünsche allen meinen Lesern viel Freude mit diesem Buch.

Winfried Kersten

Die Gedichte

Gemeinsamkeiten

Die Stadt verschwindet im Nebel,
　　der alles verschlingt.

So wie auch ich,

　　steht sie für sich allein.

Sind meine Sorgen wirklich Sorgen,

　　oder nur Unzufriedenheit und Frust?

Ärger von der Seele schreiben,

　　ob das jemandem außer mir, irgendetwas bedeutet?

Aufstehen, nicht hinter Selbstzweifeln verstecken.

　　Hast Du gehört Stadt?

Calw, 1978

20 Uhr - Nachrichten

20 Uhr – Zeit für Nachrichten.

Als Abendessen: zwei Schnitzel, Gemüse, ein paar Kartoffeln.

Nebenbei läuft der Fernseher,

Kartoffeln schälen.

Bilder aus Mittelafrika,

verhungernde Kinder.

Ich schneide mir in den Finger.

Was tut mehr weh,

Herz oder Finger?

Aber:

Würde ich deshalb aufhören zu essen,

hätte ich keine Kraft mehr - um etwas zu ändern ...

Calw, Sommer 1979

Habgier

Sie haben Glykol – ein Frostschutzmittel – in den Wein
gepanscht,

damit er süßer schmeckt.

Sie haben vergammelte Tiefkühlware weiterverkauft,

damit wir ausreichend Fleisch essen können.

Sie pumpen Geflügel voll mit Antibiotika,

damit kein Huhn im eigenen Dreck umkommt.

Sie mischen Pferdefleisch unter Rindfleisch,

damit es billiger verkauft werden kann.

Sie kastrieren Ferkel ohne Betäubung,

damit das Fleisch schmeckt.

Sie spritzen Obst mit Pestiziden,

damit es länger haltbar bleibt.

Sie düngen die Äcker mit Pflanzenschutzmitteln,

damit die Ernte gesichert ist.

Warum tun sie das?

Damit es uns allen richtig gut geht …

Landsberg, 2014

Zuviel des Guten

Ich habe kein Haus, das ein Heim ist,

sondern eine Villa.

Ich esse nicht, um den Hunger zu stillen,

sondern gehe dinieren.

Ich habe keine Kleidung, um mich vor Kälte zu schützen,

sondern ich trage Teile einer Kollektion.

Aber eines habe ich verloren,

das *Mensch* sein.

Landsberg, 2013

Nur Worte

Du fragst,

was ich mehr liebe,

Dich

Oder mein neues Auto,

von dem ich den ganzen Tag rede.

Glaube mir,

je genauer ich etwas weiß,

desto weniger werde ich ein Wort darüber verlieren.

Calw, 1980

Liebe ist …

… wenn Du mir sagst: „Du schaffst es",

und zwar so,

dass ich es Dir glaube.

Calw, 1980

Stimmen

Die Stimmen, die nur Du hörst,

sagen:

Du bist der Teufel.

> Haben wir nicht alle auch etwas Böses?

Du darfst nichts sagen.

> Fehlen nicht uns allen manchmal die Worte?

Du darfst nichts essen.

> Vergeht uns nicht oft der Appetit?

Du sollst Dich umbringen,

> Möchten wir nicht alle hin und wieder, dass doch mal Schluss sein muss?

Dir gab der Arzt eine Diagnose,

      wie es mir geht, hat niemand gefragt …

Landsberg, 2013

Nachtdienst

Wachen über kranke Seelen,

tief geschunden und verletzt.

Manche deprimiert und traurig,

andere gejagt, gehetzt.

Ruhe finden, zu sich kommen,

Ordnung in den wirren Geist.

Medis für den Schlaf der Anderen,

in der Not zusammengeschweißt.

Wer schaut schon in ihre Herzen,

so mal schnell „untergebracht".

Von denen, die da gar nichts wissen,

nur verkannt und ausgelacht.

In der Klinik viele Wochen,

bei uns dauert es nun mal.

Ach, wie gern wär `n sie gestorben,

ist das Dasein nur noch Qual!

Hoffnung schenken und Vertrauen,

jeden einzigartig seh'n.

Hebt den Kopf, glaubt an Euch selber.

Ich lass' Euch nicht im Regen steh'n!

Klinikum Landsberg, 2012

Nicht gekommen

Ich möchte essen,

    als hätte ich nie gehungert.

Ich möchte lachen,

    als hätte ich nie geweint.

Ich möchte gehen,

    als wäre ich nie gekommen.

Dann bliebe mir dieser bittere Beigeschmack erspart.

Landsberg, Juli 2017

Für Petzi

Es ist nicht nötig, zu fragen,

warum Du dem Tod so viel näher bist als dem Leben.

Es ist einfach so.

Ich sitze an Deinem Bett,

und folge jeder Deiner Bewegungen.

Nicht nur weil es meine Aufgabe ist.

Irgendwann gehst Du nach Hause,

zumindest vorläufig dem Suizid entronnen.

Das Leben freut sich, Dich zurückzuhaben …

Klinikum Landsberg, 2012

Sponsoren

… das sind Leute, die mit ihrem Geld spielen.

Weil sie genug davon haben, können sie größere Beträge dem guten Zweck zur Verfügung stellen.

Völlig uneigennützig

Großzügig

Zum Wohle Aller

Völlig in Ordnung, dass sie stets erster Klasse behandelt werden.

Ich habe nichts, fahre immer dritter Klasse.

Aber keine Sorge:

Der Zug fährt in der ersten Klasse nicht schneller,

in der dritten Klasse nicht langsamer.

Kathmandu, 2013

Depressiv

Ich habe gelernt, ein Musikinstrument zu spielen,

stand niemals auf einer Bühne.

Ich habe drei Berufe ausgeübt,

bin nie dauerhaft vorangekommen.

Ich war Soldat,

blieb immer Rekrut.

Ich habe Sport getrieben,

niemals etwas gewonnen.

Warum lebe ich eigentlich noch?

Weil ich nun mal geboren wurde,

        aber dafür kann ich nun wirklich nichts …

Landsberg, Juli 2017

Samurai

Nur er sieht,
wie die vorbeiziehenden Wolken zur Ruhe kommen,
sich zu Boten des Todes auftürmen.

So wie ihn das Leben verlässt,
zaubert sich auf sein Gesicht das schon vor langer Zeit
gestorbene Lächeln.

Im Gehen ist er zum ersten Mal wirklich glücklich …

Landsberg, 2014

Die Kurzgeschichten

Lass Dir Zeit Concetta ...

Gelangweilt klopfte Markus die Informationen für den morgigen Sammeltransport nach Stuttgart in den Computer. Tägliches Einerlei.

Dann sang ihm sein Handy die Melodie von „Ti amo" vor und zeigte einen eingehenden Anruf an. Ohne auf die angezeigte Nummer zu schauen angelte er das Gerät aus der Schreibtischschublade und tippte mit dem Zeigefinger auf das entsprechende Symbol.

Er schnauzte ein gelangweiltes „Ja" in das Mini-Mikrofon und fuhr im nächsten Moment erschrocken zusammen, denn ihm wurde mit „Ciao amore" geantwortet und jetzt fiel sein Blick auf die angezeigte Nummer: Es war Concetta.

Ein Ruck ging durch seinen Körper und er richtete sich unwillkürlich in seinem Stuhl auf, war sofort hellwach.

Er brauchte zwei Sekunden, bevor er antworten konnte.

„Ja so eine Überraschung. Ich stecke gerade in einem wichtigen Angebot fest, aber natürlich freue ich mich, Dich zu hören", log er sie an.

Sie antwortete mit honigsüßer Stimme „Nicht so schlimm, ich kann ja schon mal in Deine Wohnung fahren und auf Dich warten".

Da war sie also, die Situation, vor der er sich seit Monaten fürchtete, die er aber nicht wahrhaben wollte: Concetta war soeben auf dem Flughafen gelandet, hatte einen Schlüssel zu seiner Wohnung und schickte sich an, zu ihm nach Hause zu fahren.

Markus zwang sich zu ein paar Liebesfloskeln, dann schaltete er das Handy aus, steckte es in die Hosentasche, während er versuchte, die sich in seinem Kopf überschlagenden Gedanken zu ordnen. Er musste sofort in sein Apartment fahren und noch vor Concetta dort sein. Zum Umziehen blieb keine Zeit. Er hatte keine Möglichkeit mehr, sich in die Person zu verwandeln, die Concetta kannte: Einen vermögenden Immobilienmakler, der immer gut gekleidet, im Auftreten geradezu weltmännisch, und jeder Herausforderung gewachsen ist. Stattdessen sah er aus wie das, was er in Wirklichkeit war: ein kleiner Angestellter in billiger Discounter-Kleidung. Also gut, wenn er heute nicht so gestylt war wie sonst, dafür würde ihm schon eine glaubhafte Begründung einfallen; aber warum im Bad die Toilettenartikel, und im Schlafzimmer die Wäsche einer anderen Frau herumlagen, das war wirklich schwierig zu erklären. Es gab keine andere Möglichkeit, als schnellstens nach Hause zu fahren, um die Spuren seines Doppellebens zu beseitigen. Die

Kardinalfrage war, wie, bzw. mit was Concetta vom Flughafen Tegel zu ihm in die Bunsenstraße fahren würde. Nähme sie ein Taxi, würde es für ihn sehr eng werden, weil sie dann etwa 25 Minuten bräuchte; nähme sie den Bus und die U-Bahn, dann brauchte sie mindestens 45 Minuten. Das hieße, er könnte 10 Minuten vor ihr da sein, um alles Verräterische zu beseitigen ...

Während er die Treppen herunterrannte, dachte er spontan an Concetta, so, wie er die Italienerin bei ihrem letzten Besuch erlebte: Sie war etwas müde, trug ihre AlItalia-Stewardessen-Uniform. Sie lächelte ihn an, formte die vollen Lippen zu einem Schmollmund. Zog langsam die Nadeln heraus, die das Käppi auf ihrem Kopf festhielten. Dann löste sie die zusammengesteckten Haare auf und ließ ihre langen, schwarzen Locken fliegen. Schließlich zog sie langsam die Uniformjacke aus und schälte sich aus ihrer die Bluse. Es war die perfekte Verwandlung von der unnahbaren Stewardess zur leidenschaftlichen Traumfrau.

Markus zwang sich dazu, nicht mehr an sie zu denken. Er schloss hastig sein Auto auf, das er sich gar nicht leisten konnte. Es war AMG-getunt, gut 250 km/h schnell, und schon für die Anzahlung, hatte er einen Kredit aufgenommen. Gut, dass ihn der Richter seinen Führerschein behalten ließ, und dafür diese lächerliche Bewährungsstrafe von 24 Monaten verhängte.

Er fuhr mit quietschenden Reifen los und reihte sich sofort auf dem äußerst linken Fahrstreifen ein. Es war aber auch zu blöd: Warum musste Irene immer ihr Zeug herumliegen lassen? Auch sie war wirklich eine tolle Frau, sehr sportlich, eine echte Tennisbegabung, die ihren Job als Pharmareferentin liebend gern an den Nagel gehängt hätte. Sie hatte eine Topfigur und trug gern enge T-Shirts oder Pullover, die sie umschlossen wie eine zweite Haut. Als Hamburgerin hatte sie dieses typische, nordische Flair mit kurzen, blonden Haaren, und Augen, so blau wie das Wasser in der Südsee.

Er gab so richtig Gas; was er ja auch musste, wenn er vor Concetta ankommen wollte. Er wechselte auf der Straße ständig von ganz links nach ganz rechts, je nachdem, wo mehr Platz war. Um diese Zeit war nicht viel Verkehr, aber leider waren jetzt viele Autofahrer unterwegs, die es nicht eilig hatten und langsam vor ihm herschlichen. Er raste wieder einmal auf die äußerst linke Seite, und weil vor ihm alles frei war, drückte er kräftig auf das Gaspedal. Doch plötzlich fuhr ein anderes Auto auf seine Spur und blinkte, um nach links abzubiegen. Markus trat in die Bremse, so fest er nur konnte, legte alle Kraft in das rechte Bein. Die Räder blockierten, quietschten lautstark und zeichneten breite, schwarze Streifen auf die Fahrbahn. Instinktiv streckte er die Arme durch, um sich abzustützen. Doch trotz der Vollbremsung rutschte er mit deutlich vernehmbarem Knirschen auf das andere Auto drauf. Kurz ließ er das Lenkrad los, ballte die Hände zu Fäusten, und sein Gesicht verwandelte sich in eine wütende Fratze. Es war für beide kein sehr großer Schaden, und Markus hätte jetzt anhalten und aussteigen müssen. Doch er hatte für solche Kleinigkeiten keine Zeit, fuhr ein Stück zurück, dann am Vordermann vorbei, und schnell wieder geradeaus. Er ärgerte sich maßlos und ignorierte jegliche Geschwindigkeitsbegrenzung. Allein der Gedanke, dass sein Auto vorn beschädigt ist, brachte ihn in Rage und er fuhr wie rasend weiter.

Endlich bog er mit quietschenden Reifen in die Bunsenstraße ein. Er erkannte schon von weitem eine Parklücke und fuhr hastig hinein, knallte die Tür zu und schloss sein Auto nicht einmal ab. Dann rannte er die Treppen hinauf, hielt schon im Laufen den Haustürschlüssel in der Hand und öffnete die Tür zu seiner Wohnung. Er eilte in den Flur und wäre fast über Concettas grüne Reisetasche gestolpert, die sie mitten im Weg abgestellt hatte. Die Tür zum Schlafzimmer stand ein Stück offen, bewegte sich, und dann zeigte sich die Italienerin in ihrer ganzen Schönheit. Ihr Gesicht glich dem der Mona Lisa. Sie trug noch ihre AlItalia-Uniform, keck saß ihr Käppi auf der gebändigten Lockenpracht. Atemlos blieb Markus stehen, atmete erst ein paar Mal tief durch. Er wollte auf sie zugehen, doch sie hob abwehrend die Hände. Der junge Mann ließ sich auf ihr aufreizendes Spiel ein und machte sogar einen Schritt zurück, in der Annahme, alles wäre nur ein erotisches Vorspiel.

Im nächsten Moment fror seine Miene ein. Die Tür des Schlafzimmers war ganz aufgegangen, und Irene stand im Türrahmen. Auch sie hatte ein schon fast lüsternes Lächeln im Gesicht. Ihren Körper hatte sie in ein hauchdünnes Negligé verpackt, das nichts versteckte.

Die beiden Frauen sahen sich an, als wären sie schon immer die besten Freundinnen.

Irene sah Markus tief in die Augen und hauchte mit leiser Stimme:

„Liebling, meinst Du wir hätten auch zu dritt genügend Platz in deinem Bett?"

Markus brauchte nicht lange nachdenken und antwortete spontan:

„Ja doch, ganz sicher …"

Da ertönte hinter ihm eine unbekannte, männliche Stimme:

„Wer redet denn mit Dir?"

Landsberg, Mai 2017

Ein Schicksalsschlag

„Heute wird nicht gespielt. Die Eltern von Lea sind mit ihrem Auto verunglückt – beide tot. Wahrscheinlich müssen sie und ihr Bruder jetzt in ein Heim. Ich kann sie nicht durchfüttern."

Leonie kannte die Frau nicht, die ihr so unvermittelt und emotionslos mitteilte, dass ihre beste Freundin Lea den Halt in ihrem Leben verloren hatte.

Dann knallte die Frau dem verblüfften Kind die Tür vor der Nase zu. Sie ließ sie einfach stehen und gab ihr keine Möglichkeit, Lea auch nur „guten Tag" sagen zu können.

Einige Sekunden starrte sie auf die geschlossene Haustür und versuchte, das Gehörte einzuordnen. Leas Eltern tot! Einfach nicht mehr da! Was bedeutete das eigentlich - tot? Sie konnte sich kaum vorstellen, was das für ihre beste Freundin bedeutete. Aber diese böse Frau hatte es ja schon gesagt: Lea und ihr Bruder sollten in ein Heim. Aber wo war dieses Heim? Was ging dort vor?

Völlig verstört drehte sich Leonie um und ging wie in Trance nach Hause. Sie merkte gar nicht, dass ihr die Tränen in Strömen über das Gesicht liefen.

Leonies Familie war nicht reich, war aber zufrieden mit dem, was sie hatte. Ihr Vater Sebastian war Lehrer, seine Frau Anita war Krankengymnastin und arbeitete halbtags. Sie kümmerte sich um die Kinder, wenn sie mittags aus der Schule kamen. Benny war acht, Leonie war zehn Jahre alt. Beide waren mit einem Haufen an Freunden und Freundinnen gesegnet, mit denen sie vor allem im Sommer durch den großen Garten tobten.

Leonie, Benny und auch ihre Eltern - sie waren alle geschockt. Schließlich kannten sie Lea und ihre ganze Familie sehr gut und waren mit ihnen befreundet. Lea und ihr Zwillingsbruder Jakob waren oft bei ihnen. Niemand wusste, wer die unbekannte Frau war, die Leonie so brüsk an der Haustür abwimmelte, aber wie sie Leonie abfertigte, sagte genug. Anscheinend gab es keine anderen Angehörigen, deshalb kamen Lea und Jonas tatsächlich noch am selben Tag in ein Kinderheim.

Klar, Leonie ging es in den nächsten Tagen schlecht; wie sollte sie auch verstehen, dass sie ihre beste Freundin wohl nie wiedersehen würde? Sie weinte nur noch, konnte in der Schule nicht mehr dem Unterricht folgen. Auch in der Nacht fand sie keine Ruhe, sondern wälzte sich schlaflos hin und her und litt unter quälenden Alpträumen, in denen sie ihre Freundin blutüberströmt in einem zerfetzten Auto sah.

So gingen einige Wochen ins Land. Auch wenn sich Leonie langsam von dem Schock zu erholen schien, so standen ihr doch immer wieder Lea und Jakob vor Augen. Aber leider auch diese quälende Hilflosigkeit, nichts für ihre Freundin tun zu können, die so hart vom Schicksal getroffen wurde.

Ganz unerwartet rief Lea bei Leonie auf dem Handy an:

„Hallo Leonie, ich bin hier mit Jakob in einem ganz blöden Heim. Es gibt viele, richtig gemeine Kinder, die uns alle nicht mögen. Jetzt suchen sie neue Eltern für uns, aber Jakob und ich sollen in verschiedene Familien. Dann habe ich auf dieser Welt wirklich niemanden mehr".

Der Rest ihrer Mitteilung ging in Weinen und Schluchzen unter.

Leonie rannte völlig aufgelöst zu ihrem Vater, stellte sich breitbeinig vor ihn hin, stemmte die Ärmchen in die Hüften und funkelte ihn aus ihren rehbraunen Augen an.

„Papa, du musst etwas unternehmen. Oder willst du, dass Lea und Jakob zu *irgendwelchen* Leuten kommen, die die beiden vielleicht gar nicht liebhaben und gemein zu ihnen sind?"

Er konnte Leonie nur allzu gut verstehen. Die beiden elternlosen Kinder schienen völlig traumatisiert zu sein, und es ist schließlich bekannt, dass gerade Zwillinge ein enges

Verhältnis zueinander haben und unter einer Trennung sehr leiden.

„Weiß du Leonie, das mit Lea und Jakob tut mir wirklich sehr leid. Aber wie soll ich ihnen helfen? Es gibt Gesetze, die man nun einmal einhalten muss. Und es gibt ein Jugendamt, das entscheidet, wie es mit ihnen weitergeht".

Doch mit dieser Antwort war Leonie nicht zufrieden, es *musste* einen Weg geben, ihrer Freundin zu helfen.

„Papa, du sagst doch immer, wir sollen anderen helfen, wenn es denen nicht gut geht. Und Lea ist *so* traurig. Am besten ich gehe sie besuchen und dann laufen wir beide einfach weg…"

Das Kind hatte recht. Ihre Eltern waren tatsächlich darauf bedacht, ihrem Nachwuchs Menschlichkeit und Mitgefühl vorzuleben. Aber wie sollte ihr Vater einer Zehnjährigen erklären, dass unsere Gesetze oftmals hart und lieblos erscheinen, obwohl sie nicht so gemeint sind?

„Leonie glaube mir, ich versuche ja, zu helfen, aber es geht nicht immer alles so, wie man will".

Leonie stampfte wütend mit dem Fuß auf den Boden und rannte verzweifelt weinend davon. Ganze Sturzbäche flossen aus ihren Augen und sie schrie ihre ganze Wut heraus:

„Ach, Du willst uns doch gar nicht helfen! Dir ist völlig egal, was aus Lea und Jakob wird! Und ich bin Dir auch egal!"

In der nächsten Zeit hörte Leonie nichts mehr von Lea. Es kam kein Anruf mehr und Lea ging schon lange auf eine andere Schule. Es schien, Leonie würde sich allmählich damit abfinden, Lea nicht mehr zu sehen.

***

Kurz vor Weihnachten klingelte es. Vor der Tür stand eine fremde Frau und neben ihr: Lea und Jakob.

„Dürfen wir reinkommen?", fragte die Frau.

Leonies Vater trat zur Seite und strahlte über das ganze Gesicht.

„Aber natürlich – wir warten doch schon so lange auf die beiden"!

Dann setzten sich alle an den großen Esstisch und die Frau vom Amt sagte:

„Also Herr Dachmann: Jetzt lasse ich Lea und Jonas mal zur Probe bei Ihnen, Sie wissen ja, bis die Adoption abgeschlossen ist, dauert es noch etwas ..."

Landsberg, März 2018

Ngorongoro

Ich war gerade zwanzig geworden, als mir das Schicksal zum ersten Mal in meinem Leben einen größeren Geldbetrag in den, meist leeren, Geldbeutel spülte. Diesen finanziellen Segen wollte ich nicht „einfach so verjubeln". Es musste etwas Dauerhaftes, Besonderes her, etwas, woran ich noch lange denken würde. Eine Mischung aus Abenteuer und Romantik, in einer ganz anderen, faszinierenden Welt, die mich gefangen nimmt und völlig verändert wieder ausspuckt. So entschloss ich mich zu einer Reise ins geheimnisvolle, schwarze Afrika, nur mit dem Rucksack als Begleiter, aufgeteilt in eine 6-wöchige Safari durch Kenia und Tansania, und am Schluss ein paar Tagen am wunderschönen, endlos wirkenden Strand von Malindi, der als Gesellschaft vor allem Krabben und Sandskorpione bietet.

Also buchte ich einen Flug, der mich, mit Zwischenlandungen in Kairo und Dschibuti, ins ferne Mombasa brachte. Für mich eine fremde, unbekannte Welt.

Mein bevorzugtes Verkehrsmittel in Afrika waren die Linienbusse, immer überfüllt, immer sehr laut und nach einfachem Leben riechend, in denen ich mich unter den bunten, lebenslustigen Einheimischen wie ein grauer Fleck auf einer leuchtenden Blumentapete fühlte. Auch meine Unterkünfte und

Hotels wählte ich ganz bewusst nicht in der Oberklasse, denn ich glaube, man lernt ein Land nur dann wirklich kennen, wenn man sich unter die einfachen Leute mischt.

Einer der vielen, unwiderstehlichen Anziehungspunkte, war ein mystischer Berg, der mich schon beim Studieren des Reiseführers völlig in seinen Bann zog: der Ngorongoro. Ein riesengroßer, in Urzeiten aktiver Vulkan, dessen oberer Teil sich später als Caldera absenkte. Heute ist von diesem vulkanischen Ursprung nichts mehr zu spüren, und trotzdem: Vielleicht gaukelt er nur einen schlafenden Giganten vor…

Das Ngorongoro-Gebiet war gerade zum Nationalpark und UNESCO-Welterbe erklärt worden, deshalb blieb mir nichts anderes übrig, als mich schweren Herzens einer geführten Touristengruppe anzuschließen, denn allein konnte und durfte ich nicht in dieses Gebiet hineinreisen.

In einem Hotel am Lake Manyara traf ich mich mit meinen neuen Begleitern: einem rüstigen, älteren Herrn, der einfach alles in Afrika sehen wollte – was immer er sich auch darunter vorstellte. Einem spießig wirkenden Ehepaar, das meiner Meinung nach eher nach Sylt passte, und einem weiteren, sehr freundlichen Ehepaar mit ihrem Sohn Martin, der etwa in meinem Alter war. Ich kam mir zwischen ihnen schon etwas exotisch vor, wirkte nach fünf Wochen Afrikatour wohl schon wie ein Eingeborener: Ziemlich schwarz im Gesicht, und wahrscheinlich roch ich inzwischen wie das Innere eines Reisebusses, also wie eine Mischung aus Schweiß und Legehenne. Immerhin waren sie alle aus Deutschland, und es tat gut, mit ihnen zu sprechen.

Das Hotel war ein sehr gepflegter, weißer Bau. Einstöckig, aber innen großzügig mit weißem, modernen Interieur ausgestattet. In der Empfangshalle hingen die Bilder bedeutender Besucher, unter ihnen so beliebte Persönlichkeiten wie Erich Honecker, Fidel Castro und Muammar al-Gaddafi. Drumherum zierte ein wunderschöner Garten das Areal, geschmackvoll mit weißen und gelben Blumen und blühenden Büschen angelegt. Die Luft war erfüllt von dem süßlichen Duft der unbekannten Pflanzen und dem Gesumme der fleißigen Insekten, die sich darum scharrten.

Meine neuen Reisebegleiter hatten bisher immer in sauberen, westlich eingerichteten Zimmern übernachtet, nur durch das leise Surren der Klimaanlage und dem gelegentlichen Schreien eines Vogels gestört. Ich selber kam im Kleinlaster eines freundlichen Gemüsehändlers, aus einer Eingeborenenspelunke in Arusha, wo ich es nicht gewagt hatte, zu duschen, denn ich hätte mir die Dusche mit schwarzen Kakalaken, flinken, grünen Gekkos und einer Million Fliegen teilen müssen.

Trotz dieser unterschiedlichen Verhältnisse war ich froh und dankbar, jetzt endlich zum Ngorongoro zu kommen.

Pünktlich um 09:00 Uhr wurde unsere Gesellschaft abgeholt. Es fuhr ein Fahrzeug vor, das sich bei der Konstruktion wohl nicht hatte entscheiden können, ob es nun als Jeep oder als Bus in die Reihe der Fortbewegungsmittel eintreten wollte. Jedenfalls empfand ich es als wenig gelungene Mischung von beiden. Es war klischeemäßig weiß lackiert mit schwarzen Streifen, was an ein zu groß geratenes Zebra erinnerte. Das Dach war so konstruiert, dass man den ganzen oberen Teil einen halben Meter nach oben schieben konnte, um dann im Stehen alles drum herum Passierende zu beobachten. Am Steuer saß ein langer, dürrer Fahrer mit einer übertrieben großen Sonnenbrille, der ruhig und gelassen wirkte. Dann stieg ein weiterer Afrikaner aus, nur etwa 1,65 groß. Mit heller Hose, weißem Hemd, die Ärmel ein Stück hochgekrempelt, und hellbraunen, leichten Ledermokassins. Auch er trug eine Sonnenbrille, die aber besser zu seinem Äußeren passte als die des Fahrers. Er hatte kurzgeschnittene, krause Haare. Auf mich wirkte er arrogant, im Gesicht trug er ein Lächeln, das mir ziemlich gespielt und unecht vorkam. Er begrüßte uns mit: „ Jambo Habari – you are the german tourist-group?", und alle nickten ergeben. Er war mir nicht sehr sympathisch, aber wenigstens war sein Englisch gut zu verstehen.

Zunächst führte unser Weg zum Lake Manyara, einem der großen Seen in der Gegend, der durch seine Vielzahl an Tieren und üppiger Vegetation beeindruckte. Es standen dort große Zypressen, Mandel- und Affenbrotbäume. Auf einem von ihnen lagen zwei kleine, wie Stofftiere wirkende Baumlöwen, die man am liebsten gestreichelt und geknuddelt hätte. Doch das war nicht zu empfehlen, denn vermutlich war deren Mutter nicht weit entfernt. Die Luft war erfüllt vom Geschrei der verschiedensten, grellbunten Vögel, die manchmal kreischend und dann wieder flötend, auf sich aufmerksam machten, während sie in der Luft auf lauen Winden ritten und schwerelos durch ihr Element segelten.

Nach diesem ersten Teil des Ausflugs fuhren wir weiter durch das an die Serengeti grenzende Hochland in Richtung Ngorongoro. Die Fahrt führte über gute, asphaltierte Straßen. Vorbei an grünen Büschen und in Blüte stehenden Bäumen, die der ganzen Reise – trotz des aufgewirbelten Staubs – ein fröhliches Spalier gaben. Afrikaner – vor allem Kinder – winkten freundlich, hielten aber auch lächelnd die Hand auf, in der Hoffnung, es mögen sich ein paar Tansania-Schilling in sie hineinverirren.

Schnell wurde die Gegend hügeliger. Zwar bewegten wir uns schon lange im Hochland, aber jetzt ging es spürbar auf sich hochwindenden Serpentinen bergauf. Die Straße wurde schmaler und holpriger, hier und da musste einem Loch oder abgebrochen Ästen ausgewichen werden. Plötzlich wurde es regnerisch und wir befanden uns inmitten einer Regenwolke, die jegliche Sicht in die unmittelbare Umgebung unmöglich machte. Dazu war es auf gespenstische Art und Weise mucksmäuschenstill, keinerlei Kreatur gab ein Lebenszeichen von sich. Aber so schnell wie wir in diese Regenzone hineinkamen, so schnell endete sie auch, und es dauerte nicht lange, da standen wir auf dem 2300m hohen Kraterrand. Hinter uns schauten wir auf den wolkigen Abschnitt, der den gesamten Berg wie ein grauer, luftiger Regenreifen umspannte. Vor uns hatten wir einen wunderschönen Blick auf den ebenen, abgesunkenen Kraterboden.

Hier ließ sich unser Reiseführer zu einer Erklärung hinreißen: „This area, the Ngorongoro, has been once an active vulcan" … Es folgte eine kurz gefasste Abhandlung über die Geschichte und die heutige Bedeutung:

Der Ngorongoro war einmal ein Vulkanberg, der aber im Laufe der Zeit in sich zusammenfiel und heute zu den wild- und artenreichsten Gebieten Afrikas zählt. Die den Krater umgebenden Ränder begrenzen ein in sich geschlossenes Ökosystem, in dem so ziemlich alle Tiere zu finden sind, die der Kontinent bietet.

Wir nickten ergeben und fuhren weiter.

Auf ausgefahrenen, schlüpfrigen Pfaden ging es 600 Höhenmeter nach unten auf die Ebene, und wir befanden uns in einer einmaligen Tierwunderwelt. Immergrüne Akazien, deren flache Kronen oft ineinander wuchsen, bildeten mancherorts ein schattenspendendes Dach, unter dem es sich die Massaihirten gern gemütlich machten. Hier gab es auch das meiste Futter für die Elefanten, die in kleinen Gruppen würdevoll daher stapften, oder von den Bäumen ihr Grünfutterfrühstück abrissen.

Je mehr wir uns vom Kraterrand entfernten, desto weniger Akazien gab es, und in dem kürzer werdenden Gras reckten Erdmännchen ihren neugierigen Kopf in die Höhe, um im nächsten Moment blitzartig in ihren Erdlöchern zu verschwinden. Es gab nur wenige Stellen, die gar nicht bewachsen waren, sondern den typischen, roten Vulkansand zeigten, der dann von unserem Jeep aufgewirbelt wurde und sich auf die Zunge legte. Herden von Gnus und Thomson-Gazellen zogen vorbei, nahmen aber von uns keinerlei Notiz. Auf sie lauerten andere Gefahren: Löwen. Männliche Tiere lagen entweder unter schattigen Bäumen oder in Busch-Ansammlungen, dösten dort vor sich hin und warteten träge die wärmere Tageszeit abwarteten. Die Löwinnen versammelten sich zur gemeinsamen Jagd. Ab und zu gab einer von ihnen ein durch Mark und Bein dringendes Brüllen von sich, dass daran erinnerte, dass die so scheinbar friedlich daliegenden Großkatzen auch eine tödliche Gefahr darstellten. Häufig waren auch unansehnliche Hyänen in unmittelbarer Nähe, die sich mit krächzenden Geiern um das stinkende, von Fliegen übersäte Aas stritten, das ihnen andere Jäger übriggelassen hatten.

Inzwischen wurde es Mittagszeit und die Sonne brannte unbarmherzig hernieder, sodass es im Auto, auch bei halbgeöffneten Fenstern, sehr warm wurde. So sagte ich dann in meinem unverkennbaren Berliner Dialekt zu dem neben mir sitzenden Martin: „Wir könnten wenigstens mal dit Fensta uffmach`n". Martin nickte nur, aber unser schweigsamer Reiseleiter saß vorn, drehte sich um und erklärte: „The roof we can open later". „Aha", dachte ich mir, Martin und ich schauten uns nur verblüfft an. Der Scout erschrak und drehte sich schnell wieder um. Als wäre nichts geschehen, ging die Tour weiter.

In den vielen Wasserstellen räkelten sich Flusspferde, die nur die großen Köpfe mit ihren Mahlzähnen aus dem Wasser reckten. Herden von Gnus und Thomsongazellen kamen mit ihren Kälbern zum Saufen vorbei, bevor sie sich wieder in weiten Sprüngen in die Steppe zurückzogen, denn dieser Platz wurde von Raubtieren gern zu Angriffen genutzt.

Schließlich erreichten wir den Lake Magadi, den wir schon vom Kraterrand gesehen hatten. Erst jetzt erkannten wir, dass es sich um einen Salzsee handelte: Das Wasser hatte eine weiße, kristalline Oberfläche und auch auf der Zunge verspürten wir deutlichen Salzgeschmack, der durstig machte. Hier tummelten sich große Mengen von Pelikanen, die mit ihren großen Schnäbeln nach Fischen schnappten und rosa Flamingos, die auf einem Bein im Wasser standen. Auf ein unbekanntes Zeichen erhoben sie sich zu Hunderten und flogen wie eine einzige, pinkfarbene Wolke in den strahlend blauen Himmel, kreisten über dem See und entschwanden am fernen Horizont.

Schließlich neigte sich der Tag seinem Ende zu, und der Horizont zeigte ein Farbenspiel mit roten, gelben und grünen Facetten, die die Sonne umspielten, als wäre sie es, die angestrahlt wird. In der Ferne zogen tiefhängende, dunkelgraue Regenwolken auf, zwischen denen sich die letzten hellen Sonnenstrahlen ihre Bahn brachen.

Kurz bevor wir im Hotel wieder ankamen, sprach noch einmal unser Reiseführer zu uns:

„Ich hoffe, sie hatten einen schönen Tag. Ich wünsche ihnen einen weiterhin guten Aufenthalt in Tansania."

Er sprach völlig akzentfrei in Deutsch zu uns. Ihm war wieder eingefallen, dass er in Ost-Berlin Biologie studierte.

Nun ja, im Jahre 1976 war Tansania noch sozialistische Republik …

Landsberg, Juli 2017

Die Fahrscheine bitte …

Sebastian schaute auf seine präzise gehende, Schweizer Uhr, die ihm sagte, dass es 13:11 Uhr ist. Also waren es noch vier Minuten bis zum Feierabend. Vor ihm lagen drei Vorgänge, die seine Mitarbeiter bereits aufbereitet hatten, und ihm nun zur Unterschrift vorlagen. Nur Routinekram, nichts Eiliges, also steckte er sie in das mit „noch zu bearbeiten" beschriftete Ablagefach. Es war Freitag, und er war darauf bedacht, sein Büro aufgeräumt zu verlassen. Sein Blick glitt über die Regale, in denen die Aktenordner wie zum Rapport angetretene Soldaten so eingereiht standen, dass deren Rücken alle auf gleicher Höhe waren.

Er nickte unbewusst, stand auf und schob seinen ledernen Bürostuhl unter den Schreibtisch. Er zog sich sein Tweedsakko über, verließ sein Büro und schloss es ab. Gemessenen Schrittes ging er die Treppen hinunter und wünschte dem Pförtner ein schönes Wochenende.

Gut gelaunt lief er zur nahegelegenen Haltestelle der Straßenbahn. Er fuhr nur ungern mit den öffentlichen Verkehrsmitteln, doch heute war sein Mercedes zur Inspektion in der Werkstatt.

Aus dem Automaten zog er die benötigte Fahrkarte. Dabei musste er schon einen Moment nachdenken, um auch ja die Richtige zu ziehen; schließlich gab es viele verschiedene Angebote. Und korrekt, wie er nun einmal war, wäre es ihm peinlich gewesen, mit falschem Fahrausweis erwischt zu werden.

Dann gesellte er sich zu der Menschentraube, die auf die Bahn wartete: Da waren nach Schweiß riechende, kleine Angestellte, genauso wie Bauarbeiter mit typischer Bierfahne. Adrett gekleidete Bürodamen und eher einfach erscheinende Fabrikarbeiterinnen.

Besonders fiel ihm eine junge Frau auf, die vermutlich aus Südosteuropa stammte. Er fand sie mit ihren langen schwarzen Haaren und großen, dunklen Augen sehr hübsch. Doch ihre Kleidung erschien ihm ärmlich und an den Füßen trug sie eine Art Pantoffeln, die ihm für diesen kühlen Tag ungeeignet erschienen. An einer Hand hielt sie ein kleines Mädchen, auf dem Arm einen kleinen Jungen, der vermutlich noch nicht laufen konnte. Sie blickte scheu auf die anderen Leute, wirkte unsicher und ängstlich. Im Stillen ärgerte sich Sebastian über die mehr oder weniger offen gezeigten, abfälligen Blicke, mit denen einige der Umstehenden die fremde Frau bedachten.

Nach kurzer Zeit kündigte sich die Straßenbahn mit durchdringendem Kreischen ihrer Räder an, wurde langsamer und hielt mit quietschenden Bremsen. Die Schiebetür spuckte einige, wenige Leute aus; dann drängten sich die bisher Wartenden unbarmherzig und rigoros hinein. Es wurde gedrängelt und geschoben, jeder wollte einen Sitzplatz oder zumindest eine Ecke für sich. Auf die junge Frau mit den beiden Kindern wurde keine Rücksicht genommen. Sebastian hasste dieses wüste Geschiebe, stieg als Letzter ein und entwertete ordnungsgemäß seinen Fahrschein.

Er konnte sich bei dem Geruckel kaum festhalten, und der Regenschirm einer älteren Frau malträtierte seine Rückenpartie. In der stickigen Luft fiel das Atmen schwer und ihm wurde leicht übel.

Noch unangenehmer wurde es, als zwei Stationen später ein Kontrolleur der Verkehrsbetriebe zustieg und die Fahrscheine zu überprüfen begann. Es schien ihm völlig egal zu sein, ob er jemanden anrempelte oder auf die Füße stieg. Rabiat zwängte er sich durch die eng stehenden Fahrgäste.

„Los, raus mit den Fahrausweisen. Ich habe nicht ewig Zeit. Mensch – halten Sie das Ding doch nicht verkehrt herum! Treten Sie gefälligst zur Seite – ich muss hier durch!"

Dann stand er bei der jungen Frau.

„Ihr Fahrschein – falls Sie wissen, was das ist!", bellte er sie an. Die Angesprochene verstand ihn tatsächlich nicht. Ängstlich fuhr sie zusammen und wusste nichts zu antworten.

„Aha, hab' ich doch gewusst. Nichts Arbeiten aber Geld vom Staat kassieren und natürlich immer Schwarzfahren! So sind die Südländer!"

Freundlich meldete sich nun Sebastian zu Wort:

„Bitte entschuldigen Sie, aber der Frau ist Ihr Fahrausweis heruntergefallen".

Dann griff er in seine Jackentasche und gab der Frau seinen Fahrschein.

„Also gut", knurrte der Kontrolleur. Er wandte sich Sebastian zu. „Und wo ist Ihrer?"

Sebastian setzte ein honigsüßes Lächeln auf.

„Ich habe keinen…"

Sein Gegenüber war völlig verdutzt.

„Äh, was soll das heißen, Sie haben keinen? Sie haben Ihren Fahrschein an diese schlampige Ausländerin verschenkt, damit die nicht zur Rechenschaft gezogen wird!"

Inzwischen schauten auch alle anderen Fahrgäste auf die Szenerie, die sich da abspielte. Sie schienen die Abwechslung im eintönigen Waggon geradezu zu genießen. Doch das war Sebastian egal.

„Als erstes entschuldigen Sie sich mal bei dieser Frau."

 Er deutete auf die junge Mutter, die nicht so recht zu wissen schien, um was es ging. Der Kontrolleur dachte gar nicht daran, Sebastians Aufforderung nachzukommen, aber der blieb ruhig und sprach weiter.

„Sie hat Ihnen nichts getan, wird aber von Ihnen ohne jeglichen Grund aufs Äußerste beleidigt!"

Allmählich wurde der Angestellte der Verkehrsbetriebe lauter.

„Was bilden Sie sich eigentlich ein, wie Sie sich hier aufführen können? Sie müssen schon mir überlassen, wie ich die Leute anspreche. Und wenn Sie keinen gültigen Fahrschein haben, dann kassiere ich hiermit 60 Euro erhöhtes Fahrgeld von ihnen. Außerdem möchte ich ihren Namen und ihre Anschrift, damit sie in die Kartei der Schwarzfahrer aufgenommen werden."

Sebastian ließ sich nicht provozieren, sondern blieb ruhig und gelassen, obwohl er inzwischen sehr verärgert war.

„Ihr Vorgesetzter ist Herr Bachmann nicht wahr?"

„Was geht Sie das an?", kam es überrascht zurück.

Jetzt klang Sebastian nicht mehr freundlich.

„Das geht mich sehr viel an. Ich erwarte Sie und Herrn Bachmann morgen um 09:00 Uhr in meinem Büro, Zimmer 324, im Hauptgebäude der Verkehrsbetriebe. Dann besprechen wir die Abmahnung wegen Ihrem wirklich ungeheuerlichem Benehmen. Mein Name ist Fendtner – ich bin als Vorstandsvorsitzender der Verkehrsbetriebe Ihr oberster Chef."

Landsberg, April 2018

Ein letztes Gespräch

Vorsichtig schob sie ihren Oberkörper durch die halb geöffnete Tür und fragte in den Raum hinein:

„Mutter?"

Im Raum stand nur ein Bett, und die darin liegende alte Frau bewegte mühsam ihren Kopf auf die Seite und schaute ihre Besucherin an.

„Irene? Was willst *DU* denn hier?"

„Ja, ich bin's. Immerhin erkennst Du mich noch."

Einige Sekunden herrschte eiskaltes Schweigen zwischen den beiden Frauen.

„Ich habe Dich an der Stimme erkannt – nicht an Deinem Aussehen. Wie denn auch, wir haben uns siebzehn Jahre nicht gesehen, und ich frage mich, was Du jetzt hier verloren hast."

„Ja, es ist inzwischen viel Zeit vergangen, in der Du mir aber nie egal warst."

„Du hast es ja nicht für nötig gehalten, mal nach Deiner Mutter zu fragen. Aber egal. Ich frage mich, was Du *jetzt* von mir willst – zu vererben habe ich jedenfalls nichts!"

Irene spürte die Ablehnung und den Ärger ihrer Mutter, aber sie zog sich einen Stuhl heran und setzte sich.

„Keine Sorge, darum geht es nicht. Wir verdienen selber genug, mein Mann ist schließlich ein gefragter Bauleiter."

„Ach ja, Dein Mann – dieser nutzlose Araber, der sich hier einen schönen Lenz macht."

Eigentlich hätte Irene jetzt ebenfalls ärgerlich werden müssen, doch ihre Stimme klang fest, aber nicht vorwurfsvoll.

„Was hast Du gegen Achmed? Ist es noch genauso wie früher? Stört Dich immer noch, dass er Marokkaner, und zwölf Jahre älter ist als ich?"

„Pah, mir doch egal! Du hast doch Deine Entscheidung getroffen, als Du mit siebzehn mit diesem Kameltreiber nach Marokko durchgebrannt bist. Dann hast Du dort islamisch geheiratet und Dich erst drei Jahre später bei Deiner Schwester gemeldet! Nicht bei mir! Wahrscheinlich ließ das Dein schlechtes Gewissen nicht zu."

Wieder schwiegen sie sich einige Sekunden an. Dann nahm Irene den Faden auf.

„Ich bin nicht gekommen, um mit Dir zu streiten."

„Na, schön. Also nochmal - warum bist Du gekommen?"

„Weil ich Dich sehen wollte und es Zeit ist, die Vergangenheit ruhen zu lassen. Es tut mir sehr leid, Dich todkrank anzutreffen, und ich möchte wenigstens jetzt Frieden mit Dir schließen."

„Du sprichst, als würden wir uns bekriegen. Aber das ist ja Quatsch. Und wer von uns muss denn immer in alten Zeiten herumstochern, anstatt ruhen zu lassen, was früher gewesen ist? Ja, ich habe nur noch kurze Zeit zu leben. Schau nur genau hin! Ich bin von oben bis unten gelb wie eine Zitrone. Nicht nur die Haut, auch die Augen!"

Irene musste schlucken. Ihre Mutter war abgemagert. Doch der Bauch schien unter der Decke unnatürlich aufgebläht zu sein. Als Krankenschwester war ihr nur allzu klar, was die Diagnose „Leberkoma" bedeutete. Ihre Augen füllten sich mit Tränen.

Die alte Frau sprach weiter, auch wenn ihr das Atmen schwerfiel.

„Hilde erzählte, Du hast zwei Söhne?"

„Ja. Thomas ist fünfzehn, David ist dreizehn Jahre alt."

„Schade, dass ich meine Enkel nicht mehr sehen werde. Auch Dein Vater hätte sich bestimmt über sie gefreut. Aber der ist nun auch schon seit langem tot. Hat mich ratlos in dieser Welt allein gelassen."

Irene lehnte sich in ihrem Stuhl zurück.

„Ich kann mir gut vorstellen, wie schlimm es für Dich war, als Erwin starb."

Durch den Körper der alten Frau ging ein Ruck und sie versuchte, sich aufzurichten.

„Sage doch nicht immer ,Erwin' – er war Dein Vater!"

„Schon gut, ich wollte Dich nicht aufregen. Aber hast Du eine Erklärung dafür, warum ich so ganz anders aussehe, als meine Geschwister?"

„Genau das ist wieder dieses unnütze Herumbohren in der Vergangenheit, das mich so stört! Ich habe Dir schon hundertmal gesagt: Deine Urgroßmutter stammte aus Sizilien, wahrscheinlich hast Du die Haare von ihr. Und auch Deine Geschwister haben nicht die gleichen Augen wie Euer Vater oder ich! Aber Du fühltest Dich schon als Kind immer benachteiligt, weil Du anders aussiehst als Hilde oder Klaus."

„Jetzt möchte ich nicht so alte Kamellen ausgraben. Aber was glaubst Du denn, wie es mir ging, wenn meine Geschwister nagelneue Sachen zum Anziehen bekamen, und ich die abgetragenen Klamotten unserer Nachbarkinder bekam? In der Schule haben sie mich deshalb ausgelacht und gehänselt!"

Ihre Mutter brauchte ein paar Sekunden, bevor sie antworten konnte. Es war ihr anzumerken, wie schwer ihr das Sprechen fiel.

„Wir hatten wenig Geld, und mussten irgendwie über die Runden kommen. Wie alle anderen auch. Die Jahre nach dem Krieg waren nun einmal kein Zuckerschlecken!"

„Es ging immer nur um Hilde und Klaus! Wie es mir ging, war egal!"

„Ach so, deshalb musstest Du Dich diesem Marokkaner an den Hals werfen?"

„Ich habe mich ihm nicht an den Hals geworfen! Aber er war der erste Mensch, der sich dafür interessierte, wie es mir geht oder wie ich mich fühle. Er spürte ganz genau, wie unglücklich ich war. Wenn er nicht gewesen wäre, dann hätte ich mir das Leben genommen. Ich hatte schon genügend Schlaftabletten gesammelt!"

Ihre Mutter war verunsichert, legte die Stirn in Falten und fragte ungläubig, mit schwacher, leiser Stimme zurück.

„Du wolltest Dir das Leben nehmen?"

„Ja. Ich wollte nicht weiterhin ständig gedemütigt und ausgelacht werden. Von meinen Eltern, Geschwistern und

Klassenkameraden. Da war es dann einfach für mich, mit Achmed in eine ganz andere Welt zu flüchten."

„Ach so, daran war ich also auch schuld! Du hast ja keine Ahnung, wie es mir mit meinem brutalen, jähzornigen Vater ging. Da hattest du das reinste Schlaraffenland! Sage nicht, dass es Dir immer nur schlecht ging."

„Nein, aber Du hast auch nie danach gefragt, wie es mir geht. Als du im Krankenhaus warst, habe ich meine jüngeren Geschwister versorgt, für Erwin gewaschen und gekocht. Und als mich Onkel Hans begrabschte als ich dreizehn war, da hieß es von Euch ‚nun übertreibe mal nicht!' Nie hörte ich ein ‚Danke', und niemals hast Du mich in den Arm genommen, wenn ich es gebraucht hätte. Aber ich bin Dir deshalb nicht mehr böse. Ich habe gelernt, aus ganzem Herzen zu verzeihen."

Wieder musste ihre Mutter erst Kraft sammeln, bevor sie antworten konnte.

„Irene, ich weiß, ich habe nicht alles richtig gemacht, aber das kann ich nun leider nicht mehr ändern. Meine Zeit läuft ab", brachte die Schwerstkranke mühsam heraus. „Was kann ich Dir hier, auf dem Sterbebett, noch Gutes tun?"

„Du weißt ganz genau, was ich wissen will, und warum ich letztendlich auch gekommen bin."

Ihre Blicke bohrten sich ineinander, und die im Sterben liegende Frau begann lautlos zu weinen. Sie wusste ganz genau, warum Irene gekommen war.

„Irene Du willst wissen, wer Dein wirklicher Vater ist? Nun gut, ich möchte nicht mit einer Lüge auf den Lippen aus dieser Welt scheiden."

Noch einmal nahm Irenes Mutter alle Kraft zusammen.

„Er hieß Gregori, und war Major der russischen Armee. Er beschützte mich davor, von einer Horde betrunkener Russen vergewaltigt zu werden. Ich war ihm dankbar und blieb eine Zeitlang mit ihm zusammen, obwohl ich schon mit Erwin verlobt war. Gregori war ein anständiger, gebildeter Mann, der den Krieg hasste, und mich sogar in seine Heimat, nach St. Petersburg, mitnehmen wollte. Er war Dir tatsächlich sehr ähnlich. Aber jetzt sage mir mal, warum Du Dir immer so sicher warst, einen anderen Vater zu haben als Klaus und Hilde?"

„Du und Erwin, Ihr habt beide die Blutgruppe A, ich dagegen habe die 0. Also muss mir jemand anderes als ihr, mir meine Blutgruppe vererbt haben. Und das weiß ich schon, seitdem ich vierzehn Jahre alt bin."

Sie griff nach der Hand ihrer Mutter, die sich seltsam kalt anfühlte. Dann musste auch Irene weinen, denn sie spürte, wie der Lebensstrom langsam aber unaufhaltsam den kranken Körper verließ.

Landsberg, Mai 2019

Ein Berg hat keine Emotionen

Mich umgab Finsternis und ich schien im leeren Raum zu schweben. Von Ferne – wie aus einer anderen Welt – drangen Geräusche an mein Ohr, die sich erst nach und nach als gesprochene Worte herausstellten.

„Mister – Hello – Mister. Doctor, hello, hello!"

 Dazu gesellten sich Töne, die aus einer mir unverständlichen Sprache stammten.

Sehr langsam wurde ich wach. Und je mehr mich die Realität einholte, desto heftiger dröhnte und hämmerte es in meinem Kopf.

Schließlich erkannte ich, wer zu mir sprach und mich energisch am Arm rüttelte. Es war Shari, das vielleicht sieben oder achtjährige Mädchen, dem ich gestern steril und fachmännisch den blutigen Zeh verband. Heute hatte sie ihre langen, schwarzen Haare in zwei dicke Zöpfe gebändigt, trug eine weiße Bluse, einen roten Rock und um den Hals ein blaues Halstuch – ihre Schuluniform.

Ich lag auf dem Rücken wie ein Maikäfer und war genauso unfähig, mich aufzurichten. Ein lauer Wind wehte über den kleinen Ort, und am Horizont schauten die drei

Anapurna-Gipfel emotionslos auf mich herab. Hier, am Südrand des Himalaja, mitten in Nepal, wollte ich meine Trekkingtour beginnen. Doch sie war beendet, bevor sie richtig begann.

Shari schaute mich mit ihren großen, dunklen Augen sorgenvoll an. Sie schien erleichtert, als ich sie endlich anblinzelte und ich mich – wenn auch ziemlich ungelenk – bewegte.

Es dauerte noch einige Momente, bis ich mir über meine Situation klar wurde: Mich hatte jemand von hinten niedergeschlagen, meine Kamera-Ausrüstung war weg. Den Brustbeutel mit Reisepass, meinem Geld und der Trekkingerlaubnis hatte man mir vom Hals gerissen.

Zuerst setzte ich mich schwer atmend etwas auf und wäre fast wieder umgefallen. Ich nahm ein paar tiefe Atemzüge, dann kam ich mühsam auf die Füße. In meinem Kopf drehte sich alles, und ein stechender Schmerz erstickte alle anderen Gedanken.

Noch immer stand Shari bei mir, froh darüber, mich stehen zu sehen. Dann griff das kleine, nepalesische Mädchen nach meiner Hand, als würde sie mir nicht zutrauen, den richtigen Weg allein zu finden.

Als wir im Hotel ihres Vaters ankamen, erkannte er sofort, was mir passiert war, und forderte mich auf, mich auf die einfache Couch in seinem Foyer zu legen. Dieses Angebot nahm ich gern an. Doch schon im nächsten Moment schoss mir durch den Kopf, was ich hier am Rand der Berge ohne Pass und Geld machen sollte. Ich musste zurück nach Kathmandu zur deutschen Botschaft, die etwa 300 km entfernt war. Aber ohne auch nur eine einzige Rupie im Gepäck? Wie sollte ich hier das Hotel, wie den Bus in die Hauptstadt bezahlen?

Ich war so verzweifelt, wie noch nie in meinem Leben. Doch die Tatsache, nun völlig mittellos zu sein, war nur ein Teil meines Problems. Ich war krank, lebensbedrohlich krank, ein Fall für die Intensivstation. Die Diagnose meiner Verletzung lautete Comotio, also Gehirnerschütterung. Mögliche Komplikationen? Fraktur der Schädelknochen – Gehirnblutung – neurologische Ausfälle – Minderdurchblutung von Hirnarealen. Es war also gar nicht daran zu denken, auch nur kurze Strecken zu Fuß zu gehen. Machte es Sinn, hier nach einem Arzt zu suchen, der sowieso wenig Behandlungsmöglichkeiten hat? Ich schlief noch einmal ein.

„Du musst essen und trinken", die kleine Shari kam und stellte eine Kanne mit schwarzem Tee und eine Fleischsuppe mit Chapati-Teigfladen neben mir ab.

„Vielen Dank, aber ich kann das alles nicht bezahlen".

Sie lächelte ihr strahlendes Kinderlächeln, die Augen leuchteten.

„Das brauchst Du nicht bezahlen".

Zunächst wollte ich diese Freundlichkeit ablehnen, merkte aber, dass ich sie damit beleidigt hätte. Also aß ich, und sie freute sich darüber.

Wenig später kam noch einmal mein Wirt zu mir.

„Weißt Du schon, wie du nach Kathmandu kommst?"

Wieder sank meine Stimmung ins Uferlose.

„Nun, ich werde versuchen Autos anzuhalten und fragen, ob ich mitfahren darf, und mich so bis zur deutschen Botschaft durchschlagen".

„Das ist möglich – aber mühsam. Ich habe eine bessere Idee." Jetzt wirkte er ziemlich verschmitzt und ließ mich noch einen Moment zappeln. Ich antwortete nicht, wusste nicht, was ich sagen sollte. Er fuhr fort:

„Ein Freund von mir will morgen mit seinem Auto nach Kathmandu fahren. Aber ich habe ihm von Dir erzählt. Er wartet nun zwei Tage – bis es Dir etwas bessergeht, dann kannst Du mit ihm mitfahren."

Meine Augen wurden feucht.

„Warum machst Du das – warum hilfst Du mir?"

Er wurde ernst und nickte.

„Es ist nicht, *weil D*u meiner Tochter geholfen hast, sondern mich hat die liebevolle und gütige *Art und Weise* sehr berührt, *wie D*u ihr geholfen hast. Und ich freue mich schon heute darauf, wenn Du im nächsten Jahr als Freund wiederkommst."

Landsberg, August 2018

Eine Frage der Schuld

Lama Raimund saß etwas erhöht auf einer bunten Wolldecke, auf ein Sitzkissen oder andere Bequemlichkeiten verzichtete er. Die Beine im Lotussitz überkreuzt, die Hände ineinander gelegt, schien er mit seinem unnahbar wirkenden Lächeln in die Herzen der vor ihm sitzenden Anhänger zu sehen. Räucherstäbchen versüßten die Luft und das milde, abgedunkelte Licht schaffte eine beruhigende, warme Atmosphäre. Seine Stimme klang ruhig und friedvoll.

„Hier im Westen wird oft falsch verstanden, was wir innerhalb der Lehre als Schützer bezeichnen. Es geht nicht darum, dass wir als Individuum vor Unglücken oder Angriffen bewahrt werden, sondern es wird die Lehre geschützt. Vor falscher oder egoistischer Auslegung. Davor das sie verwaschen wird. Als Mittel missbraucht wird, um anderen zu schaden. Die Schützer sind also keine mystischen Bodyguards, die sich vor uns stellen, wenn wir einer Gefahr ausgesetzt sind".

Laura und Judith hörten gespannt zu. Raimund war vor wenigen Monaten in die Stadt gekommen und hatte eine Meditationsgruppe gegründet. Davor lebte er viele Jahre in einem indischen Kloster und widmete sich den buddhistischen Lehren, bis er dort den Rang eines Lamas – eines anerkannten Lehrmeisters – erlangte. Jetzt arbeitete er halbtags im

Gartenbau, die andere Zeit verbrachte er mit Meditation und seinen neuen Schülern.

Judith hing an Raimunds Lippen. Er zeigte ihr eine neue Art und Weise von Lebenssinn, der ihr bisher verborgen geblieben war. Deshalb verpasste sie keine nicht eine seiner Sitzungen und hatte großes Vertrauen zu ihm. Sie hatte so viele Fragen. Warum müssen manche Menschen leiden, obwohl sie an ihrem Elend keine Schuld tragen? Warum müssen manche Menschen sehr früh sterben, während andere steinalt werden? Wieso kommen manche schon blind zur Welt? Was passiert nach dem Sterben?

Die beiden 17-jährigen Frauen waren seit einiger Zeit Freundinnen und saßen oft zusammen, um über das Gehörte zu sprechen. Manchmal verdiente sich Judith ein paar Euros, indem sie auf die Kinder von Lauras Schwester Anita aufpasste.

Judith hatte noch das Thema „Schützer" im Kopf, als sie sich am Nachmittag auf den Weg zu Anita und deren Kindern machte. Sie fragte sich: Hat jeder so einen Beschützer? Was ist mit denen, die viel Leid ertragen müssen, geschlagen werden oder hungern,

Anita wartete schon auf Judith, denn sie musste pünktlich zu ihrer Orchesterprobe. Jonas, drei Jahre alt, und Anna, fünf Jahre alt, freuten sich schon auf Judith, denn die hatte immer gute Ideen, wie man die Zeit spannend verbringen kann.

„Hallo Judith! Schön, dass Du pünktlich bist. Heute kann es etwas länger dauern, weil wir mit den Proben für das Weihnachtskonzert anfangen müssen. Jonas hat ein bisschen Schnupfen, deshalb soll er den Pullover anbehalten, und Anna kann ein wenig Lesen üben."

Die Angesprochene nickte. Sie wusste, wo alles zu finden ist, und konnte gut mit den Kindern umgehen.

„Gut, kein Problem. Ich habe ein Origamibuch und buntes Papier dabei, also wird es uns nicht langweilig werden."

„Ich weiß ja, ich kann mich auf Dich verlassen. Also bis später."

Anita griff nach ihrem Geigenkoffer und verließ das Haus.

Judith ging in das Kinderzimmer. Jonas hatte sich von irgendwoher Kugelschreiber und Textmarker geholt und war dabei, die Fernsehzeitung zu verschönern. Er protestierte lautstark, als Judith ihm sanft die Zeitung wegnahm und ihm dafür eines ihrer bunten Blätter gab. Weil das neue Papier viel interessanter war als das bedruckte Heft, war der Protest eher eine Formsache.

Dann setzte sie sich zu Anna und unterstützte sie bei ihren Leseversuchen. So ganz nebenbei spielte das Kind mit einer aufgebogenen Büroklammer, die ihr ruhig, aber konsequent aus der Hand genommen wurde. Jonas begann am Kugelschreiber wie an einem Lolli zu lutschen, er wurde ihm aus dem Mund gezogen.

Judiths Blick wanderte durch das Zimmer. Eine Steckdosen-Kindersicherung fiel fast heraus. Auf einem Hocker stand eine große, mit Wasser und langstieligen Sonnenblumen gefüllte, Vase. Das Kabel der Stehlampe war notdürftig geflickt. Ihr fielen die Worte des Lamas ein: „Ein Schützer im Sinne der Lehre ist …" Sie war hier, um auf die Kinder aufzupassen, war das etwas anderes als „schützen"? Konnte es nicht sein, dass Jonas und Anna ganz besondere, noch kleine Persönlichkeiten sind, die zu großer Bedeutung finden sollten? Ja, wenn sie die Kinder beobachtete, dann waren da durchaus Hinweise auf eine große Berufung: Sie stritten nie, teilten wie selbstverständlich ihre Schokolade. Und zeigte nicht Anna schon jetzt den Wunsch nach höherem Wissen? Je mehr sie darüber nachdachte, desto mehr Besonderheiten förderte sie zutage, desto mehr nahm ihre Überzeugung Gestalt an. Nach und nach verfestigte sich in ihr der Gedanke „ich bin der vom Schicksal bestimmte Schützer dieser Kinder. Wenn ich versage, dann entwickelt sich die Welt und die Menschheit in eine bedrohliche Richtung."

Wie gebannt starrte sie auf die Kinder und deren Tun. Sie hatte kein Interesse mehr daran, mit ihnen Origamifiguren zu falten. Ständig hieß es „das ist spitz, das ist giftig, Nein – lass dass, das ist scharf, fasse das nicht an". Jonas wollte mit ihr „Baustelle" spielen, Anna versuchte, sie zu „Memory" zu überreden. Aber Judith konnte nicht. Ihr Gehirn erfand immer abstrusere Gedanken, die sich wie Wellen an Klippen überschlugen, um endlose, unkontrollierbare Schleifen zu drehen. In ihrer Fantasie sah sie die Kinder krank und hilflos einer übermächtigen, grauenvollen Welt gegenüberstehen. Es stiegen Bilder in ihr auf, in denen Anna und Jonas im Wasser ertranken und von bösen Menschen verschleppt wurden, die genau in dieses Zimmer einbrachen, um sie abzuholen, und in den Untergrund zu verschleppen, wo sie als Sklaven missbraucht werden. Auch als sich die Kinder verstört von ihr abwandten, änderte sich daran nichts und ihre Schutzbefohlenen reagierten mit Geschrei und Ärger, wenn sie viele Handlungen schon im Keim erstickte, weil sie irgendeine Gefahr erkannte. So konnten sie eigentlich nicht mehr spielen, und der wirre Blick in Judiths Augen machte ihnen Angst.

Anna stand auf und wollte den Raum verlassen, da sprang Judith hinterher und hinderte sie daran.

„Wo willst Du hin, ich kann nicht auf Euch aufpassen, wenn jeder woanders ist!"

Anna hatte von ihr Nase voll und schrie sie an: „Du bist blöd, und ich will jetzt aufs Clo!"

Die junge Frau überlegte einen Moment. Dann stand sie auf und schob die Kleine aus dem Zimmer, hielt sie aber mit einer Hand am Arm fest, schloss die Tür ab und ging mit Anna zur Toilette.

Schon nach wenigen Schritten hörten sie Jonas gegen die Tür trommeln: „Mach auf! Ich will hier raus!"

Aber Judith kümmerte sich nicht darum, sondern wartete, bis Anna fertig war und ging dann mit ihr ins Zimmer zurück.

Jetzt spielten die Kinder erst recht nichts mehr. Sie saßen an die Wand gelehnt da und funkelten Judith verängstigt an. Sie hofften inständig, dass ihre Mutter bald zurückkommt.

Es setzte schon die Dämmerung ein, als endlich die Haustür aufgeschlossen wurde. Sofort sprang Anna auf und wollte ihrer Mutter entgegenlaufen. Aber Judith war schneller, fing sie ab, schob sie grob in das Zimmer zurück und drehte innen den Schlüssel herum.

„Mami, Mami!", schrien die Kinder voller Panik. Aber Judith nahm ihnen jede Hoffnung.

„Das ist nicht Eure Mutter, es hört sich nur so an. Da kommt ein Teufel, der Euch abholen will, um Euch mitzunehmen."

„Hallo, da bin ich wieder, wo versteckt ihr Euch?", fragte Anita in den Raum hinein.

Zischend kam die Antwort aus dem Spielzimmer:

„Geh weg, du Ungeheuer! Du kriegst die Kinder nicht, ich werde sie beschützen, auch wenn es mich das Leben kosten sollte!" Ihre Stimme überschlug sich, klang hysterisch und schrill.

Die Mutter war zunächst einfach nur geschockt, konnte dass, was sie da hörte nicht glauben. Sie drückte die Türklinke des Kinderzimmers herunter, doch zu ihrer Verwunderung war die Tür abgeschlossen.

„Also Judith, jetzt reicht es langsam. Mach die Tür auf – und zwar sofort!"

Die Stimme, die ihr antwortete klang böse und unnachgiebig:

„Du Monster, du Teufel! Verschwinde, ich habe Dich durchschaut. Du wirst die Kinder nicht mitnehmen in Dein schwarzes, dunkles Reich!"

Zwischendurch war das ängstliche Schreien der Kinder zu hören:

„Mama, hol uns hier raus! Judith ist böse und gemein! Hilfe! Bitte, bitte lass uns nicht mit ihr allein!"

Die Mutter wusste nicht, was sich im Zimmer abspielte. Aber es war ihr inzwischen klar, dass Jonas und Anna in großer Gefahr waren. Allem Anschein nach war Judith regelrecht durchgedreht, hatte wahnhafte Vorstellungen. Aber was sollte sie machen? Als Erstes vielleicht die Polizei rufen? Aber wie würde Judith darauf reagieren? Im jetzigen Zustand war ihr so ziemlich alles zuzutrauen. Sie zwang sich zur Ruhe. Was Judith von sich gab, klang nach religiösem Wahn. Sie wusste, dass das Mädchen, zusammen mit ihrer Schwester, seit einiger Zeit zu irgendeinem Guru ging, der großen Einfluss auf die beiden hat.

Für Judith war Anna tatsächlich ein schlimmes, grausames Monster, die Inkarnation des Bösen, dem gegenüber sie in nicht nachgeben durfte. Es war ihr nicht mehr möglich, den Weg in die Realität zurückzufinden.

Anita griff zum Telefon und war erleichtert, als sie die Stimme ihrer Schwester vernahm:

„Laura? Hier ist Anita. Du musst sofort herkommen, Deine Freundin ist völlig durchgeknallt! Die hat sich mit den Kindern eingeschlossen, hält mich für das Böse in Person, und lässt mich nicht herein. Vielleicht kannst Du sie wieder zur Vernunft bringen. Wenn nicht, dann bleiben mir nur noch die Polizei und der Psychiater. Oder schaffe Euren – ach so tollen – Guru hierher, wahrscheinlich hat sie ihren Irrsinn ja von dem".

Laura zögerte nicht lange, zog sich an und lief hastig das kurze Stück bis zu ihrer Schwester.

Die Freundin trommelte mit ihren Fäusten gegen die Zimmertür.

„Judith? Hier ist Laura, mach doch mal bitte die Tür auf, ich möchte mit Dir sprechen."

„Ah, bist Du jetzt auch da," kam es fast normal zurück. Hoffnung keimte auf.

„Bist Du allein, Laura?", fragte Judith weiter.

„Es ist alles in Ordnung, nur meine Schwester ist hier"

Es herrschte einen Moment Stille, Judith schien zu überlegen.

Dann schaltete sich Anita ein.

„Keine Angst Judith, es besteht keine Gefahr für Dich oder die Kinder."

Judith antwortet mit panischem Geschrei.

„Ich hab's doch gewusst! Nichts ist in Ordnung, Laura. Das Böse hat auch Dich ergriffen. Auch Du willst, dass die Kinder für alle Ewigkeit in Dunkelheit gefangen sind! Aber das lass ich nicht zu! Ich werde mich bewaffnen und jeden der uns zu nahe kommt durchbohren!"

Aus dem Zimmer kamen Geräusche, als würde sie irgendwo etwas abbrechen oder abreißen.

Jetzt war Anitas Geduld am Ende, und sie wählte den Notruf der Polizei.

Während sie warteten, rief Laura Raimund an. Der konnte kaum glauben, was er von Judith hörte.

„Laura, Judiths Durchdrehen tut mir sehr leid. Sie hat sich da in eine Rolle des ‚Beschützens der Kinder' hineingesteigert, aus der sie nicht mehr herauskommt. Mit den Schützern der Lehre sind aber keine Menschen gemeint, sondern es sind Kräfte oder Energien, so wie Liebe und Mitgefühl eine große Macht haben können. Ich hätte das wohl genauer beschreiben müssen. Es ist gut, wenn Judith in ihrem jetzigen Zustand mit Hilfe der Polizei in ein Krankenhaus kommt. Sie hatte eine Kindheit voller Gewalt, die dort psychiatrisch aufgearbeitet werden sollte. Es wird ein wenig dauern, bis sie wieder gesund ist. Danach ist es wichtig, dass wir für sie da sind, sie wird uns brauchen.

Landsberg, September 2018

... noch nicht soweit

Bauer Jochen Pagelsberger schlief tief und fest. Manchmal gab er ein lautes Schnarchen von sich oder drehte sich ächzend im Bett herum, doch das störte seine Frau Henriette nicht, denn auch sie war in festen Schlaf versunken. Der Weizen stand hoch und in voller Reife und wartete darauf, abgeerntet zu werden. Das hieß: Mit aufgehender Sonne aufstehen, und mit sinkender Sonne todmüde zu Bett gehen.

So war es nicht verwunderlich, dass Pagelsberger zunächst nicht bemerkte, was sich auf seinem Hof abspielte:

Es begann mit einem Summen. Nicht wie das einer Biene, eher wie das gleichförmige Arbeiten der Melkmaschine. Es war zunächst nur entfernt wahrnehmbar, verstärkte sich und kam allmählich näher.

Aber es war nicht dieses Geräusch, was den Bauern aus dem Schlaf riss: Es war ein unangenehm grelles Licht, in das man nicht hineinsehen konnte. Es zwang dazu, die Augen zu verschließen, um keinen Schaden zu nehmen. Es drang durch das Schlafzimmerfenster und füllte den ganzen Raum aus, strahlte jeden Gegenstand an, als wären draußen große Halogenscheinwerfer installiert.

Noch im Halbschlaf rollte sich Pagelsberger im Bett zur Seite und setzte sich auf die Bettkante. Mit zusammengekniffen Augen blinzelte er aus dem Fenster und schob die Gardine vollends zur Seite. Plötzlich schlug sein Herz schneller und er war von einem Augenblick auf den anderen hellwach.

Was war das, was da in der Mitte seines Hofes stand? Es schien nicht aus festem Material gebaut, sondern ganz und gar aus Licht zu bestehen - war kaum anzusehen. Der Bauer stand da wie versteinert. Dann ließ die Lichtstärke nach, nahm allmählich ab, bis sie erträglich wurde. Und erst als sich die Augen daran gewöhnt hatten, konnte der Bauer die genauen Konturen dieses „Dings" erkennen. Wie eine große Zigarre vorn und hinten abgerundet – so etwa sechs Meter lang. In der Mitte eine Glaskuppel. An den Seiten vorn und hinten kurze Stummelflügel. Aber es hatte keine Räder oder Kufen, es stand schwerelos einen Meter über dem Boden. Der Bauer vermutete ein Fluggerät. Aber dieses hier sah völlig anders als die, die er aus dem Fernsehen oder aus Zeitungen kannte.

Schließlich öffnete sich die Glaskuppel. Eine Leiter wurde ausgefahren und ein Mann kletterte aus dem Cockpit. Pagelsberger hätte eher so etwas wie ein grünes Männchen erwartet. Aber was da ausstieg, war ganz eindeutig ein Mann, der aussah wie ein menschliches Wesen. Mit einem grauen Overall angezogen, wie sie Mechaniker tragen.

Der Bauer war verunsichert – was wollte dieser unbekannte Pilot vor seinem Haus? Warum war der gerade hier gelandet? Wollte er etwas stehlen oder zerstören? Würde er ihn und seine Frau angreifen, oder sogar umbringen, wenn er sie bemerkte? Pagelsberger spürte, wie ihn Panik ergriff und er brauchte einen Moment, um zu überlegen, wie er sich verhalten soll. So einfach tun, als ob nichts wäre? Oder sich doch lieber nichts gefallen lassen und die Initiative ergreifen? Er schwankte zunächst zwischen Angst und Neugierde, dann entschloss er sich, die Initiative zu ergreifen; schließlich sah es so aus, als wäre der Andere auch nur ein gewöhnlicher Mann wie er selbst.

Pagelsberger zog sich schnell seine blaue Latzhose und ein Leinenhemd über, dann ging er ohne Licht anzumachen die Treppe hinunter. Im Wohnzimmer öffnete er den Waffenschrank und entnahm ihm einen alten Karabiner, den noch sein Großvater aus dem letzten Krieg aufgehoben hatte. Er wusste, dass dieses alte Schießgerät geladen ist.

Langsam öffnete er die Haustür und trat in den mehr und mehr nachlassenden Lichtschein. Der Fremde drehte sich zu ihm um und lächelte ihn freundlich an.

„Guten Abend, bitte verzeihen sie die späte Störung."

Er sprach ohne jeden Akzent, ging auf den Bauern zu und streckte ihm die rechte Hand entgegen.

„Halt, stehenbleiben oder ich schieße", kam es von Pagelsberger zurück. Er lud den Karabiner durch und richtete ihn auf seinen Besucher. Doch der zeigte sich wenig beeindruckt.

„Aber, aber. Ich habe keine bösen Absichten."

Er blieb stehen, zeigte weder Angst noch Respekt vor der auf ihn gerichteten Waffe.

Nun hörte der Bauer, wie das Schlafzimmerfenster geöffnet wurde. Auch Henriette war aufgewacht.

„Jochen, pass auf! Das ist kein gewöhnlicher Verbrecher! Der ist mir nicht geheuer. Wenn der nicht gleich verschwindet, dann schießt Du!"

Auch dadurch ließ sich der Fremde nicht verunsichern.

„Guten Abend. Sie brauchen sich nicht fürchten, ich tue Ihnen nichts."

„Als ob wir vor Ihnen Angst hätten", meldete sich wieder der Bauer zu Wort, „steig in Deine Zigarre und verschwinde!"

„Nichts lieber als das, aber ich muss noch eine kleine Aufgabe erfüllen, und dann werde ich Sie verlassen".

„Nichts da, Du verschwindest sofort!"

Jetzt verschwand das Lächeln aus dem Gesicht des Mannes im Overall und er ging auf Pagelsberger zu.

Im nächsten Moment donnerte das alte Gewehr los. Aber obwohl sie nur noch zwei Schritte voneinander entfernt standen, schien der Bauer nicht getroffen zu haben. Sein Gegenüber zeigte keine Regung und ging weiter auf den Schützen zu. Der Bauer feuerte nochmals zwei Schüsse ab, die ganz sicher ihr Ziel trafen, aber der Fremde zeigte keine Regung. Schließlich machte der Mann noch einen Schritt vorwärts. Dann riss er dem verblüfften Bauern das Gewehr aus der Hand, packte ihn mit den Händen an den Hüften und hob ihn mühelos in die Höhe. Es fühlte sich für den hilflos Strampelnden an, als wäre er in einen Schraubstock eingespannt. Aber der Druck war so dosiert, dass der Landwirt weder herunterfallen konnte, noch ernsthaft verletzt wurde.

Pagelsberger schlug nach ihm, aber es war, als würde er gegen eine Wand boxen. Erst jetzt bemerkte der Bauer die undurchdringliche, harte Haut, die mit der eines Menschen nichts gemeinsam hatte.

„Ich kenne solche Unhöflichkeit von Euch Menschen zur Genüge. Als ich vor kurzem schon einmal auf der Erde war, hieß es nur ‚Napoleon kommt‘, und auch da meinten die Leute, sie müssten mich mit ihren lächerlichen Gewehren beschädigen. Aber wie Sie sehen, klappt das nicht!"

Pagelsberger erschauerte. Er strampelte wild herum und wusste doch, dass er diesem Fremden ausgeliefert ist und ihm nichts entgegenzusetzen hatte. Seine Todesangst ließ ihn frösteln und mit zitternder Stimme beschwor er den Fremden:

„Bitte – bitte lass mich am Leben. Auch ich hatte keine böse Absicht, sondern einfach nur Angst…"

Langsam setzte der unbekannte Mann den Bauern auf dem Boden ab.

„Ihr Erdenmenschen gehört zu den allerprimitivsten Wesen im Universum. Egal wo ich lande, entweder Ihr wollt mich verjagen, einfangen oder töten. Ihr klammert Euch an Eure primitiven Waffen, anstatt friedfertig miteinander umzugehen. Mein Auftrag ist erfüllt, ich weiß jetzt, dass es keinen Sinn macht, Euch an die Gemeinschaft der lebenden Wesen des Orbits anzubinden. Ihr seid noch nicht soweit."

Dann drehte der Mann sich um und stieg in sein Fluggerät. Es wurde wieder gleißend hell und er entschwand wie ein Lichtstrahl in den Nachthimmel.

Der Bauer stand da wie vom Donner gerührt und ihm wurde klar, dass der Fremde Recht hatte.

Landsberg, Oktober 2018

Der Perfektionist I

Der Leiter der Abteilung innerbetriebliche Datenorganisation, Johannes Friedrich Feddersen, lebte ein ausgesprochen wohlgeordnetes Leben. Die Uhr bestimmte sein Leben. Er stand jeden Morgen um die gleiche Zeit auf, kam um die gleiche Zeit in sein Büro, aß um die gleiche Zeit zu Mittag und ging um die gleiche Zeit schlafen …

An einem Donnerstag im November verließ Feddersen sein Büro wie gewohnt um 17.30 Uhr.

Der Pförtner in der Empfangshalle sagte: „Pünktlich wie immer, Herr Feddersen."

„Stimmt genau", sagte Feddersen, „auf Wiedersehen."

Er gab sich große Mühe, sich nicht anmerken zu lassen, dass seine Nerven wie Drahtseile gespannt waren. Er hatte feuchte Hände und ein kaum vernehmbares Zittern durchfuhr den Körper. Wenn er jetzt das Hauptgebäude der Belvetia AG verließ, dann gab es kein Zurück mehr.

Nachdem der leitende Angestellte die üblichen drei Minuten an der Haltestelle gewartet hatte, stieg er in den Bus der Linie 60.

Dabei sprach er ein paar Worte mit dem Busfahrer Willy Otremba. Der fuhr schon immer diesen Bus.

„Schöner Abend, heute", sagte Feddersen.

„Soll aber noch regnen", gab Otremba zurück.

„Dabei hatten wir doch in letzter Zeit eine ganze Menge Regen", verfiel Feddersen in einen unverfänglichen Plauderton.

„Da haben Sie Recht."

Freundlich nickend ging Feddersen weiter und setzte sich auf den gleichen Platz wie jeden Abend. Er las diesmal nicht seine Zeitung, sondern dachte darüber nach, ob er auch ja nichts übersehen hatte. Waren wirklich alle verräterischen Notizen durch den Schredder gegangen? Hatte er trotz aller Vorsicht etwas gesagt, was ihn verdächtig machen konnte? Die Busfahrt dauerte nicht lange, er stieg aus und ging den gewohnten Weg: erst die Goethe-Straße entlang, dann links in die Nord-Allee und noch einmal links in die Lindenstraße bis zu seinem Haus, Lindenstraße 22.

An diesem Abend war sein, sonst üppig gefüllter Kühlschrank leer, denn er hatte ihn abgetaut und nichts Neues eingekauft. Stattdessen leistete er sich ein festliches Essen in einem Lokal, das mit deftigen, typisch deutschen Angeboten warb. Bei

Schweinshaxe, Sauerkraut und Kartoffelpüree ließ er es sich gutgehen.

***

Immer wieder kehrten seine Gedanken zurück an seinen Arbeitsplatz: Es war jetzt zwei Wochen her, da wurde er in das Büro des Geschäftsführers Weibrecht gerufen. Zu einem Mann, der sich über ein Jahresgehalt von 500.000€ freute. Auch dessen Sekretärin – jeder wusste, sie war seine Geliebte – stand dabei.

„Feddersen", Weibrecht sparte sich irgendwelche Höflichkeiten, „wie sie wissen ist die Swoboda – Leitung Buchhaltung – erkrankt. Aber es gibt eine wichtige, vertrauliche Buchung durchzuführen, und dafür brauche ich jemanden, der so zuverlässig ist wie Sie".

Es herrschte einen Moment Pause, und der Vorgesetzte versuchte aus Feddersens Gesicht herauszulesen, was in dem IT-Spezialisten vorging. Doch Feddersen zeigte keine Regung, deshalb fuhr er fort.

„Rita, ich wollte sagen Frau Bärbach, hat alle notwendigen Informationen und wird sie unterstützen."

Feddersen war vielleicht ein komischer, pedantischer Kauz, aber ganz bestimmt nicht dumm. Vertrauliche Buchung =>

Buchung nicht offiziell => illegal, und Unterstützung von Rita => „sie schaut Dir auf die Finger".

Feddersen bekam also einen Auftrag, den üblicherweise die unbeliebte Buchungs-Chefin übernahm.

„Was genau ist denn zu machen?", versuchte Feddersen naiv zu klingen.

Der Mann in seinem Bürosessel lehnte sich zurück und schaute seinem Mitarbeiter tief in die Augen.

„Eigentlich eine Kleinigkeit, Sie sollen in einem Buchhaltungsprogramm eine kleine Veränderung vornehmen. Das schaffen Sie doch, oder?"

Feddersen überhörte die Provokation.

Die Bärbach wich ihm nicht von der Seite, und innerhalb weniger Minuten hatte Feddersen alles zur Zufriedenheit erledigt. Danach lächelte ihn die Frau wohlwollend an und zerriss den Zettel mit den wichtigen Notizen vor seinen Augen.

Doch sie schätzten Feddersen falsch ein. Mit seinem fotografischen Gedächtnis brauchte er keine schriftlichen Aufzeichnungen, um sich die Änderungen zu merken.

***

Der Kellner riss den Gast aus seinen Gedanken. Feddersen lobte das Essen, zahlte und ging nach Hause.

Dann rief er den Pförtner in seiner Firma an und meldete sich für den nächsten Tag krank.

Er ging wie immer um 23.00 Uhr zu Bett, konnte aber nicht einschlafen.

Die Änderung, die Weibrecht in dem Programm von Feddersen durchführen ließ, war denkbar einfach: „Buche am 31.08.2018 den Jahresgewinn auf das Schweizer Konto der Credit Suisse mit der IBAN SU21 2677 0321 3240 01.“

Und genau diese Kontonummer hatte Feddersen heute geändert. Der Buchungssatz hieß nun nicht mehr: „Buche auf das Konto Weibrecht“, sondern „buche auf das Konto Feddersen.“

Üblicherweise fand der Buchungslauf um ca. 3.00 Uhr statt, und dann wäre Feddersen um mehrere Millionen reicher.

Die Fahrkarte nach Zürich lag auf seinem Nachttisch, ebenso das Ticket für den Flug nach Buenos Aires. Er brauchte also nur noch in der Schweiz das Geld abheben, auf sein argentinisches Konto einzahlen und dann war ein anderes Leben dran als bisher …

Der IT-Mann wollte eigentlich bis 9.00 Uhr schlafen – zum ersten Mal in seinem Leben. Doch das Telefon klingelte schon um 07.30 Uhr dermaßen hartnäckig, dass er schließlich den Hörer abnehmen musste.

Am anderen Ende der Leitung war sein Stellvertreter Wallner.

„Bitte entschuldigen Sie die Störung, Sie sind ja heute krank. Aber ich wollte Sie darüber informieren, dass so gegen Mitternacht die EDV komplett ausgefallen ist. Es gab also keine Verbuchung. Aus Sicherheitsgründen spielen wir jetzt die Datenbestände von Mittwoch wieder ein …"

Landsberg, April 2019

Der Perfektionist II

Es war an einem Donnerstag um 16.27 Uhr, also kurz vor Feierabend. Als Johann Wilhelm Feddersen wie zufällig auf den Hof schaute, da wusste er, irgendetwas ist faul. Der Sicherheitstransporter hätte schon seit fünf Minuten weg sein müssen. Außerdem fuhr gerade der Pritschenwagen einer Leihfirma heran, wendete, und fuhr rückwärts an die Laderampe heran. Es saß nur ein Mann am Steuer, er war demnach allein.

Feddersen überlegte, ob er gleich die Polizei rufen sollte, unterließ es dann aber. Er war im ganzen Haus als jemand bekannt, der nach der Uhr lebt, in allem geradezu überkorrekt und fast krankhaft zuverlässig ist. Er wollte nicht noch mehr zum Gespött zu werden, falls es sich dort unten um einen ganz normalen Vorgang handeln sollte.

Also wischte er alle Bedenken zur Seite und ging pünktlich um 17:00 Uhr die Treppe des großen Gebäudes herunter.

Schon vom Treppenhaus aus, sah er zwei Dinge, die ihm nicht gefielen: Er kannte den Pförtner nicht, der an der großen Rezeption stand, und die Monitore der Überwachungskameras waren dunkel. Er wollte sich gerade umdrehen, da sah ihn der Mann und schien genauso zu erschrecken wie Feddersen. Sofort verschwand die rechte Hand in der Hosentasche, die merklich ausgebeult war.

Blitzschnell überlegte Feddersen, wie er sich verhalten soll. Dann entschied er sich für die Variante „mein Name ist Hase".

Mit betont dümmlichen Gesichtsausdruck nahm er die letzten Stufen.

„Guten Abend. Na, alles in Ordnung? Wir kennen uns noch nicht. Mein Name ist Feddersen – ich hatte heute meinen ersten Arbeitstag hier."

Sein Gegenüber nickte kurz, fühlte sich sicher.

„Na dann – schönen Feierabend".

Feddersen ging lächelnd auf ihn zu und streckte ihm die rechte Hand entgegen.

Dann ging alles sehr schnell. Blitzartig zog er die ausgestreckte Hand zurück und hämmerte ihm die rechte Handkante an den Hals. Der Mann wankte aber nur, deshalb trat ihm der vermeintlich ältere Herr mit der Fußspitze in die Leber. Daraufhin klappte der falsche Pförtner in sich zusammen wie ein Kartenhaus – er war schon bewusstlos, als er hart auf dem Boden aufschlug.

Feddersen zog ihn zum Tresen und lehnte ihn mit dem Oberkörper gegen eines der stabilen Beine. Dann zog er ihm einen seiner Schnürsenkel aus dem Schuh und band ihm damit die kleinen Finger hinter dem Rücken zusammen. Jetzt griff er ihm in die Hosentasche und förderte einen Revolver vom Typ 38er Special zutage. Als letztes durchsuchte er einige Schubladen und fand kräftiges, grünes Klebeband, mit dem er dem falschen Pförtner den Mund versiegelte.

Feddersen wählte dann am Tresen-Telefon die Nummer der Polizei.

„Hallo. Im Haus der Firma Fallbach & Witten findet gerade ein Überfall statt. Die Täter sind bewaffnet, also brauchen wir auch ein SEK. Auch der Mann an der Reception ist zwar gegenwärtig ausgeschaltet, gehört aber zu den Banditen".

„Jetzt mal langsam: Sie meinen die Firma Fallbach und Witten – den goldverarbeitenden Betrieb in der Lessingstraße?"

„Allerdings. Es ist davon auszugehen, dass die Angestellten gezwungen werden das Goldlager zu öffnen, also beeilen sie sich doch!"

„Wer sind Sie und wie kommen Sie darauf, dass die Firma überfallen wird?"

„Das ist doch egal! Kommen Sie gefälligst in die Gänge!"

Es wurde ihm zu blöd, deshalb legte er auf.

Feddersen war ganz ruhig und konzentriert, ging in den hinter der Rezeption gelegenen Raum, denn dort befand sich auch der Sicherungskasten für die elektrischen Anlagen. Es dauerte einen Moment, bis er verstand, welcher Schalter, für welchen Bereich im Haus zuständig war. Dann legte er die wichtigsten Bereiche lahm: das Licht im Keller und im Goldlager, die Fahrstühle und die elektronisch gesteuerten Sicherheitstüren.

Ihm war klar, dass er nicht mehr tun konnte, deshalb verließ er nun das Haus. Er hatte gerade die gegenüberliegende Straßenseite erreicht, da hörte er die Sirenen der heranrasenden Polizeiwagen.

Feddersen lief ohne Hast oder Unruhe zur Bushaltestelle und fuhr nach Hause, als wäre nichts geschehen.

Er legte Hausschlüssel, Aktentasche und Schuhe an den angestammten Platz. Doch bevor er sich seinem Abendessen widmete, gönnte er sich eine kleine Sentimentalität:

Er zog eine der Schubladen seines Wohnzimmerschranks auf und entnahm ihr eine alte Zigarrenkiste, die er mit ernstem Gesicht öffnete.

Das Kästchen mit dem Bundesverdienstkreuz, schob er zur Seite, schaute aber auf ein paar vergilbte Bilder, die ihn und seine Kameraden in grünen Kampfanzügen zeigten.

Dazu murmelte er:

„Das waren noch Zeiten - mit der GSG9 in Mogadischu …"

Landsberg, Mai 2019

Wer anderen eine Grube gräbt

„Angelika, ist es okay, wenn ich bei Deiner Aussage dabei bin"?

Tobias hielt seine Frage für eine Formsache, deshalb war er verwundert, als sich seine angehende Schwiegermutter etwas zierte.

„Ich weiß nicht so recht. Der Überfall von heute ist eine Sache, die mir schon an die Nieren geht, und ich möchte nicht unbedingt vor Dir in Tränen ausbrechen…"

Polizeirat Walter schaltete sich ein.

„Frau Wegener, sie haben doch sicher Verständnis dafür, dass Herr Ringmann, als mein Assistent, dabei ist."

Er wartete ihre Antwort nicht ab, sondern begann übergangslos die Befragung.

„Wer wusste davon, dass heute diese Riesenmenge Bargeld in ihrer Bank lagert?"

Angelika musste einen Moment nachdenken, dann antwortete sie wahrheitsgemäß:

„Unser Kassenleiter, Herr Tallner, Frau Bill von der Bargeldprüfung, und natürlich die gesamte Geschäftsleitung."

„Sie haben also niemandem davon erzählt, dass heute viel Geld angeliefert wird, d.h. niemandem außerhalb der Bank?"

Die Frau schüttelte energisch den Kopf.

„Nein, warum sollte ich? Vielleicht habe ich Zuhause mal eine Bemerkung gemacht. Aber sie werden doch wohl nicht meine Familie verdächtigen?"

Tobias lehnte sich in seinem Stuhl zurück, legte die Stirn in Falten.

„Also," begann er vorsichtig, „ich meine, einmal eine Bemerkung von Stefan gehört zu haben, so ungefähr wie: ‚Ist mir doch egal, wenn du nächste Woche Stress wegen der Geldlieferungen hast." Er schaute seinen Vorgesetzten an und ergänzte erklärend: „Stefan ist der Ehemann von Frau Wegener."

Der Befragten passte diese Bemerkung nicht.

„Also, wirklich. Mein Mann ist zwar kein Kind von Traurigkeit, aber doch kein Bankräuber!"

Walter hakte nach.

„Was soll das heißen: Kein Kind von Traurigkeit?"

„Er betrügt mich schon seit Jahren mit seiner Sekretärin, auch wenn das ein teures Vergnügen ist."

Die beiden Polizisten schauten sich kurz an.

„Und woher wissen Sie das?"

Angelika lehnte sich in dem Stuhl und setzte ein süffisantes Lächeln auf.

„Er versuchte einige Zeit, seine Geliebte vor mir zu verheimlichen. Aber eine Frau merkt so etwas, und als ich ihn darauf ansprach, gab er es zu".

Tobias zog die Augenbrauen hoch, bisher hatte er ein ganz anderes Bild von den Judiths Eltern.

Walter bohrte weiter.

„Sie meinen, er ist jemand, der immer Geld braucht"?

„Allerdings, er hat sogar erhebliche Schulden bei der Bank."

„Und wofür braucht er so viel Geld?"

Ausweichend antwortete sie:

„Das müssen Sie ihn schon selber fragen."

Walter hatte erst einmal genug gehört und beendete das Verhör. Er merkte der Frau die Belastung des Überfalls an und wollte sie nicht überstrapazieren, deshalb schickte er sie nach Hause.

Zwei Tage später kam Stefan von einer Geschäftsreise nach Wien zurück. Er war als Abteilungsleiter für „Internationalen Verkehr" bei der Spedition Warnbeck angestellt, und deshalb oft im Ausland – immer mit seiner Sekretärin Ramona.

Tobias bot sich an, Stefan vom Flugplatz abzuholen, was Angelika nur recht war. Er wollte sich ein Bild davon machen, wie Stefan und seine Sekretärin miteinander umgingen. Aber ihm fiel nichts Ungewöhnliches auf. Deshalb fragte er seinen potentiellen Schwiegervater ganz direkt: „Wie ist das eigentlich, so mit der netten Sekretärin im Hotel?"

Stefan lachte, er wusste natürlich sofort, worauf der Student der Polizeiakademie hinauswollte.

„Es geht Dich zwar nichts an – aber, na gut. Ramona ist seit mehr als fünfzehn Jahren meine rechte Hand und ich kann mich 100%-ig auf sie verlassen. Wenn wir im Ausland sind, dann gönnen wir uns viel Spaß im Bett. Aber deshalb würde sie ihren Mann so wenig verlassen, wie ich meine Frau."

So viel Ehrlichkeit hatte Stefan nicht erwartet und legte nach.

„Und Angelika – weiß sie davon?"

„Ja. Aber es ist ihr egal. Für Angelika zählt nur das Geld. Außerdem ist sie auch so manches Mal unterwegs, um sich vom Leben eine kräftige Scheibe abzuschneiden. Das ist dann mir egal."

Tobias war überrascht, hatte er Stefan doch immer als langweilig und bieder empfunden. Von dem Überfall auf die Bank seiner Frau wollte Stefan nicht viel wissen, es war ihre Sache.

Den Rest der Fahrt schwiegen sie. Tobias war ziemlich verunsichert und fragte sich, ob Judith wusste, dass ihre Eltern aneinander vorbeilebten. Er hatte immer den Eindruck gehabt, die Wegeners wären eine glückliche Familie.

Der Polizeirat tappte im Dunkeln. Es gab keinen Hinweis auf die Täter. Der Hauptverdächtige – Stefan Wegener – hatte ein hieb- und stichfestes Alibi. Keine brauchbaren Spuren am Tatort. Die Befragung der Bankangestellten brachte auch keine verwertbaren Hinweise.

Doch der Innenminister und die Presse wollten Ermittlungsergebnisse sehen.

Tobias kam es merkwürdig vor, dass Angelika ihrem Mann ein Tatmotiv unterschob. Er durchforschte den Polizeicomputer nach dem Umfeld der Wegeners, und förderte eine Überraschung zutage: Stefan hatte einen unehelichen Sohn, von dem Angelika scheinbar nichts wusste. Und dieser junge Mann war einschlägig vorbestraft und galt als drogenabhängig.

Als Walter davon hörte, ließ er Stefan Wegeners Büro in der Firma untersuchen und nahm auch dessen privaten Laptop mit. Hier wurde Walter fündig: Es fand sich der Kauf von zwei Tickets nach Südamerika – ausgestellt auf Stefan Wegener und Ramona Thalbach, sowie eine verschlüsselte, dubiose Bestellung im Darknet.

Der Polizist zögerte nicht lange und nahm Stefan fest. Verzweifelt gab der Beschuldigte zu:

„Ja, ich gebe meinem Sohn häufig Geld. Ja, in meinem Leben ist Ramona sehr wichtig. Aber was soll ich in Südamerika? Was soll ich im Darknet bestellt haben? Ich weiß doch nicht einmal wie das geht!"

Er blieb in Untersuchungshaft. Nach seinem Sohn wurde fieberhaft gesucht, bis sich herausstellte, dass er am Tag des Überfalls mit Freunden in einem VW-Bus auf dem Weg nach Marokko war.

Stefan war auch in diesen Tagen häufiger im Hause Wegener, schließlich wollte er deren Tochter heiraten. Ihm fiel auf, dass sich die Eltern so verhielten, als gäbe es keinerlei Probleme zwischen ihnen. Stefan empfand es nicht einmal schlimm, dass seine Frau im Grunde genommen gegen ihn aussagte. Darauf angesprochen, zuckte er nur mit den Schultern und meinte: „Sie sagt doch nur, was sie denkt."

Tobias fühlte sich bei den Wegeners nicht mehr besonders wohl und sehnte den Hochzeitstag hervor. Er ertappte sich auch dabei, dass er so manche Kleinigkeit wahrnahm, die ihm eigentlich egal hätte sein müssen. Aber sorgsam, notierte er diese Banalitäten. Als angehender Kriminalbeamter konnte er nicht aus seiner Haut heraus. Aber eine heiße Spur fand er nicht.

Tobias schaute sich noch einmal in Angelikas Bank um und befragte ihre Kollegen. Einer von ihnen, der IT-Leiter, nahm sich besonders wichtig und prahlte mit seinem Wissen. Alle anderen schienen den Überfall schon fast vergessen zu haben.

Wieder gingen ein paar Tage ins Land und Angelika fühlte sich immer schlechter.

„Der Banküberfall, die Tatsache, dass mein eigener Mann zu den Tätern gehört. Das ist schon eine große Belastung. Ich brauche einfach ein paar Tage Ruhe."

Stefan galt weiterhin als Hauptverdächtiger, ihm war aber nichts nachzuweisen.

Es war spätabends, als Tobias einen Anruf von seiner zukünftigen Braut erhielt.

„Tobias – ich habe soeben meinen Vater ins Krankenhaus bringen lassen. Er war bewußtlos und hat einen Abschiedsbrief hinterlassen."

Der angehende Kriminalbeamte blieb ruhig.

„Es ist gut, wenn er jetzt im Krankenhaus ist, dort passen sie auf ihn auf. Aber wo ist deine Mutter?"

„Die hat noch mit uns zu Abend gegessen, dann fuhr sie zum Flugplatz."

„Wie lange ist das her?"

„Das ist doch jetzt egal – vielleicht eine Stunde."

Tobias legte auf und rief sofort Walter an. Der Polizeirat gab die Anweisung, Angelika Wegener auf dem Flugplatz zu stoppen. Tobias setzte sich in seinen alten Golf und raste los, setzte sogar das Blaulicht auf sein Autodach. Als er in der Abflughalle ankam, schlossen sich gerade die Handschellen um Angelikas Handgelenke. Neben ihr stand eine geöffnete Reisetasche, die prallvoll mit Bargeld gefüllt war.

„Angelika, du hast wirklich alles raffiniert eingefädelt. Belastendes Material auf Stefans Laptop gespielt und ihn nicht offen, aber deutlich genug beschuldigt. Vor einigen Tagen wusch ich mir bei euch die Hände, dabei fiel mir eine Flasche auf, die mit „destilliertes Wasser" beschriftet war. Aber auf deren Boden hatten sich kleine, weiße Kristalle abgesetzt – also war es sicherlich nicht nur Wasser. Den Inhalt der Flasche habe ich untersuchen lassen: Es war Arsen. Dieses Gift hast Du in Sebastians Essen gemischt und den von Dir vorbereiteten Abschiedsbrief auf seinen Schreibtisch gelegt. Das hätte so aussehen sollen, dass er den Überfall gesteht und dann Selbstmord begeht. Aber ich habe das Gift gegen ein Schlafmittel ausgetauscht. Es liegt auch die Aussage von deinem IT-Kollegen vor, der Dir geholfen hat, das Kennwort von Stefans Laptop herauszufinden und Dir zeigte, wie man im Darknet etwas bestellt – eben das Arsen. Angelika, Du hast den Raub von sechs Millionen Euro *inszeniert.* Jetzt werden wir auch Deine Mittäter finden."

Landsberg, Juni 2018

Wer ist schon fehlerfrei …

„Hey, Anna! Wie machst du das eigentlich: Tonnen an Schokolade fressen, und nach Fisch stinken?"

Alle in der Klasse lachten.

Thomas mischte sich ein.
„Woher willst du denn wissen, dass sie Schokolade isst? Vielleicht haben ihre Eltern eine Bratheringzucht!"

Alle in der Klasse lachten.

Mühsam verbarg Anna ihre Tränen. Sie war es gewohnt, ausgelacht und gehänselt zu werden. Aber deshalb tat es nicht weniger weh. In den meisten Klassen gab es „den einen", der von der Gemeinschaft zum Sündenbock für alles erklärt wurde, was andere nicht mochten. Der an allem schuld war, was ihnen nicht passte. Als wehrloses Opfer, dafür da, den Prellbock für den Ärger und Frust zu spielen.Demnach war die Klasse 10b der Siegfried-Lenz-Realschule also nichts Besonderes.

Anna war froh, als es zur Stunde klingelte und sich ihre Mitschüler an ihre Tische setzten. Wenigstens eine Verschnaufpause.

Nur Ramon ließ das alles völlig kalt. Aber den interessierte in der Klasse wirklich nichts. Die anderen waren ihm egal, und Anna sowieso. Es war immer das Gleiche: Sobald die Stunde zu Ende war, griff er in die Tasche und zog sein Handy heraus. Dann vergaß er, was um ihn herum passierte, und legte es erst aus der Hand, wenn die neue Stunde begann. Auch ihn traf so mancher misstrauische, abwertende Blick. Er spürte das durchaus, aber ihm war das egal, weil es ihm wirklich egal war. Sollten doch diese verwöhnten, ahnungslosen Deutschen denken, was sie wollten. Er war Afrikaner, geboren in Nigeria, und er war stolz darauf. Was er erlebte und was in ihm vorging, das war allein seine Sache. Das ging niemanden etwas an, zumal seine Mitschüler auch nicht verstehen würden, warum er so ist, wie er ist. Ramon war vor drei Wochen in die Klasse gekommen, nachdem er zwei Jahre in einem Asylantenwohnheim verbrachte, wo er auch die deutsche Sprache lernte. Zuerst beäugten ihn die anderen Jungen interessiert, wollten wissen, wie er seine linke Hand verlor. Doch Ramon zeigte ihnen die kalte Schulter und wollte keinen Kontakt mit ihnen.

Anna und Ramon waren die Außenseiter der 10b, obwohl sie nichts gemeinsam hatten.

Die schlechtesten Schüler sind meistens auch die größten Rabauken. Hier waren es Thomas und Mathias. Eine Zeitlang beäugten sie Ramon vorsichtig, und so lange sie ihn nicht einzuschätzen wussten, ließen sie ihn in Ruhe. Doch allmählich rückten sie auch den Afrikaner in ihren Fokus. Zunächst waren es einzelne, harmlose Sticheleien. Doch als sich Ramon davon nicht aus der Ruhe bringen ließ, wurden ihre Angriffe massiver. „Hallo Tarzan, wo ist deine Jane?", provozierte Mathias. Doch an Stelle von Ramon antwortete Thomas.

„Oh, unser Freund scheint nicht zu wissen, wo seine Frau ist. Wahrscheinlich hilft sie bei der Löwenjagd – als Köder!"

Ramon horchte auf. Er hatte den gleichen Gesichtsausdruck wie immer: unbeweglich ohne jedes Gefühl.

„Was ist das? Eine Köder?"

Alle in der Klasse lachten.

Ramon schaute Thomas direkt in die Augen.

„Ein Köder ist, wenn Du Dich mit Anna auf den Schulhof stellst und die Geier…"

Weiter kam er nicht.

Ramon hatte zugeschlagen. Mit seiner rechten Faust, die es gewohnt war, hart körperlich zu arbeiten.

Thomas flog drei Schritte nach hinten, stieß mit dem Rücken gegen einen Tisch und blieb bewusstlos liegen.

Zunächst herrschte in der Klasse Totenstille, dann brüllten alle durcheinander, sodass ein Lehrer darauf aufmerksam wurde.

„Was ist denn hier los?", fragte er in den Raum. Dann sah er Thomas am Boden liegen.

Wenig später stand Ramon im Zimmer des Schuldirektors.
„Also Ramon, ich weiß nicht, was in Dich gefahren ist, aber das werden wir schon noch herausfinden. Die Eltern von Thomas werden Dich anzeigen. Also musst Du mit einem Gerichtsverfahren rechnen."

Ramon zeigte auch hier sein unbewegliches Gesicht.

„Diese aasfressende Hyäne hat mich oft genug beschimpft und beleidigt – ich habe den Streit nicht angefangen!"

Der Direktor verstand Ramons Not.

„Das glaube ich Dir sogar. Aber trotzdem: Du darfst vorläufig nicht mehr zur Schule kommen. Erst muss Einiges geklärt werden."

Wortlos drehte sich Ramon um und verließ das Büro. Auf dem Flur kam ihm Anna entgegen.

„Was ist passiert Ramon? Was hat der Direktor gesagt?"

Ramon schaute Anna mit seinen dunklen Augen an. War da auch so etwas, wie der Hauch eines Lächelns? Anna wusste seinen Gesichtsausdruck nicht zu deuten. Seine tiefe, wohltönende Stimme klang vertrauter als sonst.

„Sie haben mich rausgeschmissen. Klar, wenn ein Asylant einen Deutschen schlägt, dann ist natürlich der Fremde, der allein Schuldige."

„Das tut mir sehr leid, aber es wird sich herausstellen, dass Dich Thomas provoziert hat".

„Oh nein, Anna. Sie werden mich vor Gericht zerren und nach Nigeria abschieben", antwortete er verbittert.

Anna spürte, wie ihr die Traurigkeit die Augen feucht werden ließ. Vielleicht war es die Ablehnung der anderen Klassenkameraden, die sie als traurige Gemeinsamkeit mit ihm verband. Doch mit jedem Herzschlag stieg die Zuneigung zu ihm unaufhaltsam in ihr empor.

„Nein Ramon, das dürfen die nicht!"

Der Junge seufzte.

„Doch kleine Anna, sie dürfen", sanft legte er seinen rechten Arm auf ihre Schulter.

Anna wurde von einer ungekannten Wärme durchströmt, die sie stark zu machen schien.

„Ich werde alles tun, um Dir zu helfen. Aber dazu brauche ich Deine Handynummer, schließlich muss ich Dich erreichen können."

Dann tauschten sie ihre Accounts aus.

***

Anna bekam Herzklopfen, als sie abends eine Whatsapp-Nachricht von Ramon bekam. Er schrieb ihr „einfach so". Aber sie merkte, dass er sich darüber freute, sich mit ihr austauschen zu können. Anna war das erste Mädchen seit seiner Flucht aus Afrika, dem er vertraute.

Es dauerte nicht lange, und Ramon erhielt die Aufforderung, sich bei der Polizei zu melden. In dem Papier war von Körperverletzung die Rede. Der entsprechende Beamte hatte nicht viele Fragen, für ihn war es eher eine routinemäßige Vernehmung, denn der Sachverhalt war völlig klar. Die Mitschüler der 10b hatten eindeutige Aussagen gemacht, und die Anwälte von Thomas' Eltern hatten ganze Arbeit geleistet.

Mittags holte Ramon Anna von der Schule ab, ohne dass sie darauf vorbereitet war. Aber Ramon hatte das Bedürfnis, mit ihr zu sprechen.

Als sie aus dem Klassenzimmer kam, war sie zunächst sehr überrascht, aber dann freute sie sich.

Ohne viel zu sagen, umarmte er sie, und auch sie schlang ihre Arme um seinen Nacken. Einen langen Augenblick lang sahen sie sich verliebt in die Augen, dann pressten sie wie im Rausch ihre Lippen aufeinander.

Hinter ihnen war die Stimme von Mathias zu hören.

„Ja was haben wir denn da für ein hübsches Paar: Er ein Krüppel – sie eine Stinkbombe."

Alle aus der Klasse lachten.

Langsam entließ Ramon Anna aus seinen Armen und drehte sich ruhig und gelassen zu Mathias um.

Dann ging wieder alles sehr schnell: Ramon schlug mit aller Kraft zu, nicht nur einmal. Er hörte erst auf, als sich sein ehemaliger Mitschüler nicht mehr regte. Dann öffnete er das Fenster.

Ramons Gesicht glich einer Fratze. Die Augen glühten und schossen wild umher. Seine Bewegungen glichen denen eines angeschossenen Raubtiers.

Er schaute in die Runde.

„Ihr wollt mich nicht – ich Euch auch nicht. Ich habe als Kindersoldat gelernt, dass der Tod der angenehmste Teil des Lebens ist. Aber bevor ich draufgehe, begleiche ich noch eine alte Rechnung."

Er packte Mathias mit seiner starken rechten Hand, schleifte ihn zum Fenster und warf ihn aus dem Fenster des dritten Stocks der Siegfried-Lenz-Realschule.

Niemand aus der Klasse lachte.

Landsberg, November 2019

Geld ist nicht alles

David Buchter betrat nach dem Kundenbesuch sein Büro, er lächelte. Diese Trennbachs hatten ja keine Ahnung, wie sehr die Immobilienpreise in den letzten Jahren angestiegen sind. Er hatte ihnen für ihr Haus 250.000€ geboten, und diese einfachen Leute waren damit auch noch hochzufrieden. Auf deren Grundstück konnte man lässig ein zweites Haus hinstellen, und dann brachte deren ehemaliges Heim noch mindestens 100.000€ mehr. Er lächelte zufrieden in sich hinein; ja, so stellte er sich sein Leben als Immobilienmakler vor.

Zu Hause angekommen, begrüßte er zunächst seine kleine Tochter, gerade fünf Jahre alt: „Hallo Sophia, mein Engelchen! Geht's Dir besser oder bist Du immer noch krank? Schau mal, ich habe Dir etwas mitgebracht." Dann drückte er ihr ein riesengroßes Steiff-Stoffpferd in die kleine, viel zu warme Hand, strich über ihr goldblondes Lockenköpfchen. Einen kurzen Moment leuchteten ihre großen Augen auf, sie griff nach dem Geschenk und drückte es an sich. Zufrieden darüber, das Richtige gekauft zu haben, nickte ihr der Vater zu. Doch nur einen Augenblick später entglitt ihr das Pferdchen und sank zu Boden. Sophia war schwach, so schwach, dass sie das große Stofftier nicht richtig festhalten konnte.

„Wir gehen morgen früh zum Kinderarzt", sagte seine Frau Veronika, eher dem Kind zugewandt.

„Und warum erst morgen?", muffelte David dazwischen, „vielleicht solltest Du Dich mehr um die Kleine kümmern, als um Dein hirnrissiges Yoga". Er konnte es nicht ertragen, dass sein Sonnenschein nicht wie sonst um ihn herumsprang und sich in seine Arme warf. Sie war sehr müde und ihr Gesichtchen war weiß wie eine Wand.

Trotzig und verärgert antwortete seine Frau: „Ich habe für heute keinen Termin mehr bekommen, und das hat nichts mit dem Yoga zu tun".

Dann nahm sie ihre Tochter auf den Arm und trug sie in ihr Bettchen.

Der Makler würdigte seine Frau keines Blickes, setzte sich an den Computer und rief im Internet die Mercedes-AMG-Seite auf, schließlich lag ein gutes Geschäft in der Luft und er fand, dass er sich eine Belohnung verdient hatte.

Am nächsten Morgen diagnostizierte der Kinderarzt einen grippalen Infekt, verschrieb ein leichtes Antibiotikum, nahm ihr aber zur Sicherheit auch Blut ab. Die Fünfjährige weinte zwar etwas, aber ihre Mutter beruhigte sie schnell, indem sie ihr eine weitere Barbiepuppe versprach.

Der Arzt bekam einen Tag später die Ergebnisse des Labors zugestellt. Auf seiner Stirn zeigten sich Sorgenfalten und er rief sofort bei Buchters an: „Entschuldigen Sie die Störung, aber Sophias Labor gefällt mir nicht. Bitte kommen Sie gleich morgen früh noch einmal zur Blutabnahme, wir brauchen dringend ein Differentialblutbild".

„Aber warum denn – was stimmt denn nicht?"

Veronika erschrak, schließlich hatte ihr Kind doch nur eine Erkältung, und das ist schließlich nichts Besonderes...

„Sophia hat sehr viele Leukozyten, da muss die Ursache geklärt werden".

Veronika war ganz verunsichert, sollte sie nicht gleich ihren Mann informieren? Doch sie war sich im Klaren darüber, dass David wieder ziemlich ungehalten darauf reagieren würde, also wartete sie bis zum Abend.

„Zuviele Leukozyten, also weiße Blutkörperchen, was soll das heißen? Sophia hat sich erkältet. Wahrscheinlich hat sie auf kaltem Boden gesessen, war zu dünn angezogen oder so etwas Ähnliches – und Dir ist das wieder einmal nicht aufgefallen. Vielleicht möchte auch der Herr Doktor nur etwas mehr Geld verdienen – schließlich sind wir Privatpatienten!"

Aber trotz aller Bedenken musste Sophia noch einmal die Prozedur des Blutabnehmens über sich ergehen lassen.

Die Blutuntersuchung bestätigte den Verdacht des Arztes, er schickte das Kind zur Sicherung seiner Diagnose in ein spezialisiertes Kinderkrankenhaus, und hier wurde zweifelsfrei festgestellt: Sophia litt unter Leukämie.

 Für ihre Eltern brach eine Welt zusammen.

David konnte sich kaum noch konzentrieren, machte auf der Arbeit nur das Nötigste, um möglichst viel Zeit mit seiner geliebten Tochter verbringen zu können. Veronika brauchte psychiatrische Hilfe, weil sie in eine tiefe Depression fiel. Nichts war mehr wie vorher, und die tiefe Sorge und Trauer krempelte ihren Alltag völlig um.

David beschäftigte die Frage: Warum ausgerechnet Sophia? Warum jetzt, wo doch alles andere gut lief?

Zunächst setzte er alle Hebel in Bewegung, dass seine Tochter die allerbeste, ärztliche Behandlung bekam, flog mit ihr auch in die USA. Aber die Erkrankung kam nicht zum Stillstand. Sophia atmete immer schwerer, hatte keinen Appetit und wurde immer magerer. Die Gesichtsfarbe wurde zu einem fahlen Weiß, die Bäckchen fielen ein und die blonden Löckchen fielen ihr wirr ins Gesicht.

Auch Sophias Eltern veränderten sich. Ihr Äußeres wurde ihnen unwichtig, alle früheren Interessen traten in den Hintergrund.

Nach einer der vielen Nächte, in denen David keinen Schlaf fand, stand er früh auf und ging in den nahegelegenen Park. Er setze sich auf einer abgelegenen Wiese in den Schneidersitz, legte die Hände flach auf die Oberschenkel. Richtete den Oberkörper auf.

„Ich weiß nicht, wer die Geschicke der Welt lenkt. Heißt Du Allah, Buddha, Jehova, Krishna oder Gott. Wer immer Du bist: Ich werde den Rest meines Lebens in spiritueller Art und Weise, arm und zum Wohle der Menschheit verbringen, wenn Du meine Tochter Sophia vor dem Tod rettest." Eine Weile blieb er in sich gekehrt sitzen. Dann stand er auf und fühlte sich sehr erleichtert, spürte große Hoffnung in sich.

Er war bereit, sein Leben völlig anders zu leben – für seine kleine Tochter.

Doch wenige Monate später starb Sophia.

Seine Frau Veronika verließ ihn, sie ging für unbestimmte Zeit in einen indischen Ashram, er selbst verfiel dem Alkohol.

 Aber eines hatte er erkannt: Mit dem Schicksal lässt sich nicht handeln.

Landsberg, April 2020

Der Streuner

Lisa gab sich ihrer Lieblingsbeschäftigung hin: Sie saß auf der Schaukel und gab sich ganz dem sanften Hin- und Herschwingen hin. Rhythmisch schwangen ihre braunen Locken mit, und der Luftzug streichelte sanft ihre noch vom Winter blasse Wange.

Sie liebte das Schaukeln, weil sie sich dabei sicher fühlte und sich ganz ihren Träumereien und Gedanken hingeben konnte. Es war Frühlingsbeginn und sie glaubte, schon die ersten Bienen vorbei brummen zu hören. Auf ihr Puppengesicht zauberte sich ein zufriedenes Lächeln als sie „Summ, Bienchen summ herum" zu singen begann. Sie nahm den Frühling bei der Hand und lauschte dem Zwitschern der aus dem Süden zurückgekommenen Vögel, dem Zirpen der Heuschrecken und dem Spiel des milden Windes in den Bäumen. Allzu gern hätte sie sich über die leuchtenden Farben der erblühenden Tulpen oder Maiglöckchen gefreut, doch das blieb ihr verwehrt. Sie kannte Farben nur vom Erzählen, wusste hell und dunkel nicht zu unterscheiden. Lisa war sechs Jahre alt und von Geburt an blind …

Mit der Gleichmäßigkeit eines Uhrpendels knarrten die Seile der Schaukel in ihren Gelenken, erzeugte ein monotones, aber für Lisa vertrautes Geräusch. Doch plötzlich mischte sich darin ein leises Scharren, gefolgt von einem kurzen Schnappen, und schließlich ein Springen im Gras, als würde jemand davonlaufen.

Lisa erstarrte vor Angst, und einen Augenblick spürte sie, wie sie lähmende Panik ergriff. Sie stoppte das Schaukeln, um noch einmal angestrengt zu lauschen. Ja, da waren tapsige Schritte, die sich schnell entfernten. Dann ein Rascheln in der Hecke, und es war wieder still. Nur langsam löste sie sich aus der Erstarrung. Vorsichtig stieg sie von der Schaukel und ging auf einen niedrigen Tisch zu, auf den ihre Mutter vor wenigen Minuten einen Teller mit einem Stück Streuselkuchen stellte. Mühelos fanden ihre Finger das Geschirr. Doch der Kuchen war weg. Ihr Herz begann zu rasen.

Wer besuchte sie da? Vermutlich ein Tier. Aber was für eines? War es böse – oder sogar gefährlich?

Ihre verängstigte Kinderseele wollte nach ihrer Mutter rufen. Aber was würde die wohl dazu sagen? Im schlimmsten Fall durfte Lisa dann nicht mehr allein in den Garten. Oh wie schrecklich, bei diesem schönen Wetter nicht mehr zu schaukeln! Oder womöglich im Zimmer bleiben. Nein, da sagte sie doch lieber nichts. Vielleicht war das Tier ganz harmlos.

Während sie unentschlossen vor dem Tisch stand, hörte sie ihre Mutter kommen.

„Na, mein Schatz, der Kuchen scheint Dir ja geschmeckt zu haben. Du hast nicht einmal ein paar Krümel übriggelassen".

Lisa ging nur kurz darauf ein.

„Ja, Mama. Er war wirklich prima."

Ihre Mutter nahm ihre kleine Tochter bei der Hand und ging mit ihr ins Haus.

In den nächsten Tagen wiederholte sich dieses geheimnisvolle Schauspiel: Lisa hörte die tapsigen, vorsichtigen Schritte eines unbekannten Tieres. Dann schnappte der unbekannte Fresssack, das, was auf dem Teller lag, und verschwand schleunigst durch die Tuja-Hecke. Ihre Mutter bekam davon nichts mit, weil sie im Haus zu tun hatte.

Es dauerte einige Zeit, dann erschien es Lisa, als wäre ihr nachmittäglicher Besucher weniger scheu. Er ließ sich mehr Zeit, und schien auch neugierige zu sein, was seinen kleinen Gönner betraf. Dieses Kind warf nicht mit Steinen, verjagte ihn nicht und versuchte auch nicht, ihn am Schwanz zu ziehen. Vorsichtig näherte sich das Tier dem kleinen Mädchen, schnüffelte zuerst aus der Ferne und kam dann immer näher.

Schließlich spürte das Kind etwas Feuchtes und Kaltes an seinem Bein. Es war ein kurzer Hauch. Ganz zart, als hätte sie eine Feder gestreichelt. Da suchte jemand Kontakt. Dieser Jemand wusste aber nicht, was im nächsten Moment passieren würde, denn er hatte mit Menschen viele, schlechte Erfahrungen gesammelt. Er wartete einige Sekunden. Als dann nichts passierte, folgte ein energischer Stupser, der wohl so viel heißen sollte wie: „Hallo, ich mag Dich".

Es war eindeutig eine kühle, fremde Schnauze, die Lisa kichern ließ. Und jetzt wusste sie, wer ihr neuer Freund ist: ein Hund.

Langsam und vorsichtig tastete Lisa nach dem Tier. Es fühlte sich angenehm warm und weich an, aber auch struppig.

„Hund, bist du ganz allein? Hast du niemanden, der sich um Dich kümmert? Jetzt weiß ich, warum du jeden Tag meinen Kuchen holen kommst: Du hast Hunger!"

Zart strich ihre Hand über das schmutzige Fell, und sofort waren sie ein Herz und eine Seele. Übermütig sprang der Hund um Lisa herum, stupste sie an und bellte fröhlich. Lisa kraulte ihm das stumpfe Fell. Sie hörten erst auf zu spielen, als Lisas Mutter auf der Terrasse erschien. Sie war völlig entsetzt, als sie sah, mit wem ihre Tochter herumtollte.

„Lisa!", rief ihre Mutter voller Entsetzen.

„Was machst Du da?"

Sie wandte sich um und griff nach dem Wasserschlauch, öffnete den Wasserhahn, stellte den Sprühkopf auf „hart" und richtete den Strahl auf das überraschte Tier, das schrill aufjaulte. Es sprang mit weiten Sprüngen in Richtung Hecke und verschwand in der trügerischen Sicherheit des angrenzenden Waldes.

Lisa stiegen die Tränen in die Augen. Wie seht wünschte sie sich eine Freundin, die sie verstand, und mit der sie ihre großen und kleinen Geheimnisse teilen konnte. Sie fühlte mit jeder Faser ihres Körpers, dass dieser Hund diese Freundin sein könnte.

Für ihre Mutter war dieser Hund wie die Verkörperung von allem Schlechten und Bedrohlichen, dass ihrer Tochter passieren konnte. Ein böser Geist, der aus dem Höllenschlund aufgestiegen ist. Sehr eindringlich rief sie ihrer Tochter zu:

„Um Gottes Willen! Fasse nie wieder dieses fremde Viech an!"

Lisa protestierte lauthals:

„Das ist kein Viech! Das ist meine Freundin – die Annabell heisst!"

Ihre Mutter duldete keinen Widerspruch.

„Das ist kein gewöhnlicher Hund, sondern ein widerlicher Straßenköter! Der ist dreckig, wahrscheinlich voller Flöhe und macht Dich furchtbar krank!"

Lisa traten die Tränen aus den Augen. Gern hätte sie ihre Mutter gefragt, wie dieser Hund aussieht. Sie wusste aber, dass das jetzt keine gute Idee ist.

Traurig trottete Lisa ins Haus.

Beim Abendessen erzählte Lisas Mutter ihrem Mann von dem Hund. Er nickte und schaute ernst und besorgt zu seiner Tochter, der er sonst kaum eine Bitte abschlagen konnte.

„Hm, ein Straßenhund. Wahrscheinlich wildert der sogar im Wald herum. Ich werde mal mit meinen Jagdfreunden darüber reden. Dieser Köter ist so ausgehungert, dass er in unseren Garten kommt. Vielleicht hat er sogar Tollwut in einem frühen Stadium. Er muss auf alle Fälle unschädlich gemacht werden".

Lisas Augen weiteten sich verständnislos. Mit ängstlicher Stimme fragte sie ihren sonst so lieben Papa:

„Was ist das – unschädlich machen?"

Ihr Vater zögerte mit der Antwort, er wollte seiner Tochter nicht weh tun. Aber ihm war klar, dass er sie vor dem Tier schützen musste, auch wenn sie es nicht verstehen würde.

„Es tut mir leid, Lisa – aber dieser Hund muss erschossen werden!"

„Nein, muss er nicht! Er ist meine Freundin und muss nicht totgemacht werden!"

Sie sprang auf, warf dabei den vor ihr stehenden Teller herunter und lief, sich am Treppengeländer orientierend, nach oben in ihr Zimmer. Mit aller Kraft knallte sie die Tür zu, warf sich auf das Bett und weinte bitterliche Kindertränen in ihr Kissen, bis es sich wie ein getränkter Schwamm anfühlte.

In den nächsten Tagen durfte Lisa nur noch mit ihrer Mutter in den Garten, die nach dem Hund Ausschau hielt, ihn aber nicht mehr zu Gesicht bekam. Doch Lisas geschärftes Gehör, ließ sie häufig ein Rascheln in der Hecke vernehmen, und dann wusste das Kind, ihre Freundin ist in der Nähe.

Am Wochenende bekam die Familie Besuch von Verwandten. Das Wetter war schlecht, und dunkle Wolken kündigten einen kräftigen Regenguss an. Also gingen sie nicht auf die Terrasse, sondern blieben im Esszimmer. Es gab Kaffee und Kuchen, und für Lisa Kakao. Die Erwachsenen hatten sich viel zu erzählen und achteten nicht auf das Kind. Deshalb nahm Lisa die Gelegenheit wahr, um sich langsam und unauffällig der Hecke zu nähern. Dort saß – zwischen den Heckenpflanzen versteckt ihre Hundefreundin.

Zögerlich und ängstlich kam sie aus ihrem Versteck hervor. Dann rieb sie ihre Schnauze an Lisas Beinen. Das Kind spürte beim Streicheln, wie der Hund voller Freude mit dem Schwanz wedelte. Sie tollten übermütig herum, merkten nicht, was hinter ihrem Rücken geschah.

Die Erwachsenen hatten sich auf der Terrasse postiert.

„Lisa, geh zur Seite!", forderte ihr Vater energisch. Er hielt sein Jagdgewehr im Anschlag und zielte auf den Hund.

„Nein, nein!", schrie Lisa. Sie konnte nicht sehen, was ihr Vater machte, doch sie befürchtete das Schlimmste. Der Hund erschrak und lief voller Panik an der Hecke entlang. Damit hatte ihr Vater ein freies Schussfeld und zog den Abzug durch. Das Tier jaulte herzzerreißend auf, hatte aber nur einen schmerzhaften Streifschuss abbekommen. Der Jäger wollte soeben seinen zweiten, tödlichen Schuss abgeben, aber Lisa lief zu der Stelle, an der sie das Tier hörte, breitete die kleinen Ärmchen aus und schaute mit leeren Augen zu ihrem Vater. Diesen Augenblick nutzte das verletzte Tier, um durch die Hecke hindurch im schützenden Wald zu verschwinden.

Der Mann setzte die Waffe ab und ging wortlos in das Haus zurück.

Lisa konnte es nicht glauben: Ihr Vater war böse. Annabell hatte ihm nichts getan, war einfach nur da und spielte mit ihr. Und er? Er schoss ohne Grund auf ihre Freundin und verletzte sie – oder war sie sogar tot? Das konnte und wollte sie ihm nicht verzeihen. Sie sprach kein Wort mehr mit ihm, und als er ihr abends einen Gutenachtkuss geben wollte, drehte sie sich energisch von ihm weg und zeigte ihm ihren Rücken.

In den nächsten Tagen kam Annabell nicht mehr, und Lisa hatte große Angst um sie. Vielleicht war sie inzwischen tatsächlich tot ...

Es dauerte einige Zeit, dann begann Lisa, sich damit abzufinden, dass der Hund nicht mehr kommt, und vergaß ihn allmählich. Sie durfte wieder allein im Garten schaukeln.

Für Lisas Eltern ging der Alltag weiter, und sie dachten auch nicht mehr an den Streuner. An einem Samstag-Morgen ließen sie ihre Tochter im Garten zurück, um zum Einkaufen in die Stadt zu fahren. Ihr Kind war längst groß genug, um mal eine Stunde allein zu bleiben.

Ihre Mutter suchte die Pfandflaschen zusammen und ihr Vater fuhr das Auto aus der Garage. Gerade wollte ihre Mutter in den Wagen steigen, da tauchte vor ihnen Lisas Hundefreundin auf. Das Tier hinkte mit dem rechten Hinterbein, aber es bellte und sprang in die Luft, lief vor dem Auto hin und her. Es schien, als wollte es Lisas Eltern am Davonfahren hindern, zeigte keinerlei

Angst und ließ sich auch nicht durch hektisches Hupen vertreiben.

„Na, warte, du Drecksköter!", rief der Mann und schickte sich an, das Tier zu überfahren. Aber im nächsten Moment griff ihm seine Frau ins Steuer und riss die Handbremse hoch.

„Nein, überfahre den Hund nicht. Ich habe ein ganz komisches Gefühl."

Sie stieg aus dem Auto aus und ging in den Garten um nach ihrer Tochter zu schauen. Schon von weitem sah sie ihre Lisa bei der Schaukel auf dem Boden liegen, sie rührte sich nicht und aus einer großen Wunde am Kopf tropfte Blut. Voller Panik rannte sie zu ihrem Kind. Lisa war bewusstlos. Eines der Schaukelseile war gerissen. Sie rief nach ihrem Mann, der sofort den Notarzt anrief. Er untersuchte das Kind gewissenhaft und erklärter dann: „Gut, dass das Kind sofort gefunden wurde. Ich kann eine Hirnblutung nicht ausschließen, deshalb zählt jede Sekunde. Ich werde Lisa mit dem Hubschrauber in das nächste Kinderkrankenhaus fliegen lassen".

Hinten an der Hecke saß ein zotteliger, brauner Hund, auf den bisher niemand geachtet hatte. Ein Ohr hing abgeknickt herab, das andere war aufgestellt wie eine Antenne. Er war verdreckt und abgemagert, hatte sicherlich auch Flöhe. Langsam ging Lisas Mutter auf das Tier zu, dass sich sofort ein Stück zurückzog. Dann ging die Frau in die Hocke und sprach das Tier mit ruhiger Stimme an. Sie schaute in dunkle, traurige Knopfaugen, die ihr ganzes Mitleid weckten.

„Du brauchst nicht mehr weglaufen. Vielleicht hast Du meinem Kind das Leben gerettet, obwohl wir so gemein und herzlos zu Dir waren. Ab jetzt sind wir Deine Familie und werden Dir nie vergessen, was du für unsere Tochter getan hast."

Landsberg, Januar 2019

Auszüge aus Romanprojekten

Bullibu – ihr habt ja keine Ahnung

Ein Tag wie jeder andere. Sie stand früh auf, wie immer. Ging in die Küche und stellte die Kaffeemaschine an. Danach ins Bad, wusch sich, zog sich an. Bereitete sich gedanklich auf den Gang zum Arzt vor. Es war zum x-ten mal die Hüfte. Vor einem Jahr operiert, aber trotzdem ein ständiger Beschwerdeherd. Heute die Hüfte, gestern Husten, letzte Woche der Rücken. Das es ihr aber auch immer so schlecht gehen musste. Seit dem Tod ihres Mannes war nichts mehr, wie es sein sollte. Das beste Mittel gegen die Einsamkeit in diesem Haus, das für sie allein viel zu groß war, waren ihre Tiere. Ihrem Enkel hatte sie zum 8. Geburtstag einen Wellensittich geschenkt, von schöner hellblauer Farbe, immer fröhlich vor sich hin trällernd. Spielzeug hatte er doch wirklich genug. Zunächst freute sich der Junge, doch die Freude ließ erheblich nach, als es darum ging, den Käfig zu reinigen und den Vogel regelmäßig mit Futter und frischem Wasser zu versorgen. Kurzzeitig übernahm dann seine Mutter diese Aufgaben, bis schließlich auch sie genug davon hatte und daran dachte, dem Vogel seine Freiheit wieder zu geben, was einem Rauswurf gleichgekommen wäre. Also holte die alte Dame das gut gemeinte Geburtstagsgeschenk wieder ab – im Tausch gegen einen ferngesteuerten Rennwagen. Dann hatte es der arme Vogel nur noch gut bei ihr, was daran zu merken war, dass er den ganzen Tag keine Ruhe gab, bis sie schließlich die extra im Zoogeschäft gekaufte Vogeldecke über den Käfig warf und somit dem Tier signalisierte, es wäre nun Nacht und damit Zeit zum Schlafen. Was dieser dann auch prompt damit quittierte, das er aufhörte zu singen, seinen Schnabel im Gefieder verbarg und zur Nachtruhe überging.

Auf ähnliche Weise war sie zu ihrem Hamster gekommen. Eine gute Freundin musste ins Krankenhaus und konnte ihren vielgeliebten „Mattes", der in einem völlig verdreckten Käfig vor sich hindämmerte, nicht mitnehmen. Also nahm sie das arme Tier – arm, weil er ja nicht bei seiner Mutti sein konnte – zu sich. Doch dann wurde aus dem Krankenaufenthalt übergangslos der Umzug ins Altenheim. Mattes konnte natürlich nicht mitgenommen werden und war auch schnell vergessen. So hatte sie eine verantwortungsvolle Tätigkeit gefunden, die ihr auch Spaß machte, außerdem waren Tiere sowieso viel dankbarer als Menschen.

Irgendwann saß sie im Garten und las eine Zeitschrift. Trank nebenher koffeinfreien Kaffee. Dann klingelte das Telefon und sie musste ins Haus zurück. Als sie zurückkam, saß auf dem Tisch ein kleines, schwarz-weiß gestreiftes, noch kleines, Tigerkätzchen. Es hatte den Topf mit der Kaffeesahne umgeworfen und schleckte den Inhalt genüsslich auf; als es merkte, dass jemand kommt, sprang es schnell davon und verschwand in einem Loch in der Hecke. Völlig klar, das diesem armen, ziemlich verdrecktem Kätzchen geholfen werden musste. Sie stellte abends einen Teller mit Milch auf die Terrasse und siehe da, er war am nächsten Morgen sauber abgeschleckt. Dies wiederholte sich an einigen Tagen und es dauerte nicht lange, da hatte das Kätzchen nicht nur Vertrauen gefasst, sondern auch ein neues Zuhause gefunden.

Es gab Ärger in der Nachbarschaft. Das Eckhaus, in dem Jahrzehnte lang die Familie mit dem blinden Kind wohnte, war ausgezogen. Das Haus verkauft worden – an Weißrussen! Dieses wurde als Katastrophe betrachtet. Russen in ihrer Siedlung, um Gottes Willen. Schließlich wusste doch jeder, das nun mit lautstarken Wodkaparties und Gepöbel zu rechnen war. Außerdem konnte man sich seines Hab und Guts nicht mehr sicher sein. So wurde Bullibu aus seinem Gefängnis im Tierheim befreit und kam zu ihr ins Haus. Sie tat damit ein gutes Werk, denn Bullibu war einer dieser armen Straßenhunde aus dem Süden, die dort bekannterweise ganz miserabel behandelt werden. Ganz klar, waren ja schließlich Ausländer, diese Italiener im Süden. Bullibu machte durchaus etwas her. Er war mittelgroß, sein Fell von hellbrauner Farbe, mit weißen Anteilen. Ein Ohr war immer gespitzt und zeigte nach oben, das andere war abgeknickt. Warum das so war, wusste nur er selber. Er war mittleren Alters, kräftig gebaut aber weiß Gott nicht fett. Er wirkte aufmerksam und gelehrig, hatte aber auch nichts Aggressives, schien sich trotzdem nichts gefallen zu lassen. Was seine Vorfahren betraf, schienen sich Schäferhunde,

Jagdhunde und diverse Mischlinge außerordentlich gut verstanden zu haben, einer bestimmten Rasse konnte er nicht zugeordnet werden. Er war der ideale Anti-Russen Nachbarn-Hund.

Wie auch immer, sie hatte Freude an ihren Tieren, kümmerte sich liebevoll um sie. Wenn nötig, wurde nicht gezögert, den Tierarzt aufzusuchen. Als Futter gab es nur vom Besten, die Käfige wurden jeden zweiten Tag akribisch gereinigt, das Fell regelmäßig gebürstet. Sie war zu der Überzeugung gekommen, dass Tiere viel treuer und dankbarer sind als Menschen, hätte sich eher von Bekannten als von ihren Tieren getrennt.

Die Tür war ins Schloss gefallen, langsam entfernten sich ihre Schritte. Das Garagentor wurde nach oben geschoben, rastete ein. Kurz darauf sprang der Motor an und Frau Richter war weggefahren. Niemand wusste für wie lange, aber das war auch nicht wichtig. Im Innern ihres Hauses wurde es lebendig. Es waren ihre Haustiere, die aus ihrem Schlaf erwachten, sich räkelten und streckten. Der Hamster in seinem Käfig hörte auf, in seinem Laufrad herumzurasen, der Wellensittich hielt endlich die Klappe. Die Katze legte sich genüsslich auf die Couch, rollte sich zusammen und ließ ein zufriedenes Schnurren hören. Als Letzter erschien der Hund im Wohnzimmer, legte sich auf einen Läufer, der vor der Terrassentür lag. Sein Blick machte die Runde, blieb an der Katze hängen. Ihm war selbstverständlich verboten, die Katze zu jagen, Frau Richter konnte dann sehr böse werden, wenn er nach ihr schnappte. Ihm ging ihr angeberisches Gehabe reichlich auf die Nerven. Irgendwie hatte er erfahren, dass sich die Katze in der Nacht erfolgreich mit einem Igel angelegt hatte und jetzt mächtig stolz zu sein schien. Ihr Schnurren hatte etwas provozierend Überhebliches, was der Hund nun gar nicht brauchen konnte, schließlich war er hier der Chef. Anders als der Streichelzoo, hatte er wirkliche Aufgaben zu verrichten, hielt ungewollte Eindringlinge fern, ob sie nun zwei oder vier Beine hatten. Eigentlich taten ihm die anderen Tiere leid: Der Hamster und der Vogel wurden in einem Käfig geboren, lebten in einem Käfig und würden auch in einem Käfig sterben: Unschuldig zu lebenslanger Haft verurteilt, ohne jede Chance, auch nur einmal zu erleben, was es wirklich heißt zu leben. Die Katze durfte zwar rein und raus, wie sie wollte, war aber dermaßen verwöhnt, dass sie ihr angenehmes Leben nicht zu schätzen wusste. Der Hund schnaufte kräftig aus. Er war nicht mehr jung, hatte die besten Jahre längst hinter sich.

Wenn er sein Leben so anschaute ...

Die Lider halb geschlossen, den Kopf auf die Pfoten gelegt, sann er vor sich hin. Längst vergessene Bilder tauchten in ihm auf, bildeten zunächst ein Durcheinander vergangener Eindrücke. Nur langsam fügten sie sich zu zusammenhängenden Sequenzen zusammen, brachen sich als längst Vergangenes Bahn in seiner Erinnerung. Gerüche und Gefühle tauchten in seinem Bewusstsein auf. Langsam ordnete sich dieses Gedankenchaos, aus einzelnen Bildern wurden ganze Abläufe, die ein zweites Mal zu passieren schienen. Bittere Erfahrungen und Todesangst wechselten sich mit Zufriedenheit, erlebter Freundlichkeit und Zuneigung ab. Hunger mit Überfluss. Schmerzen mit Freude.

Und als würden ihn die anderen Tiere verstehen, begann er zu erzählen:

Noch einmal fühlte ich mich am Genick gepackt und ruderte hilflos mit den Beinen in der Luft herum. Hatte wieder den Geruch der Maus in der Nase, die ich bis zu ihrem Loch verfolgt hatte. Die Nase verstaubt und die Beine nach heftiger Graberei bis zum Bauch hinauf verdreckt. Da das Mäusejagen für Hunde etwas völlig Normales ist, wunderte ich mich zunächst darüber, dass meine Mutter meinen Tatendrang so vehement stoppte, aber schnell fand ich die Begründung: In meiner Begeisterung hatte ich mich ziemlich weit von unserem schützenden Gebüsch entfernt, das in den ersten Wochen nach der Geburt für mich und meine Geschwister den Nabel der Welt bedeutete.

Dieser Platz, den Mutter für uns ausgesucht hatte, ist mir in guter Erinnerung geblieben. Er lag inmitten eines großflächigen Gebüschs, etwas abseits von einem sandigem Weg, der auf eine große Wiese führte. Unter Dichtem Blätterwerk hatte sie eine Mulde ausgescharrt, in der sich Blätter angesammelt hatten und alles etwas weicher machten. Das Blätterdach schützte natürlich auch vor dem seltenen, aber heftigem Regen. Auf der anderen Seite des Wegs befand sich ein rostiger Drahtzaun, hinter dem ein Schrottplatz für reichlich Gestank sorgte. Er war der einzige Flecken in der Umgebung, der ein Gefahrenpotential für uns darstellte. Sonst kamen hier weder Menschen noch Tiere her, um unsere Welpenidylle zu stören. Auch vor anderen Hunden mussten wir uns verstecken. Es wäre nicht das erste Mal gewesen, dass ein völlig ausgehungerter Straßenhund seine zum Reißen gemachten Zähne in einen Artgenossen schlug. Hunger lässt alle Grenzen verwischen. Eine traurige Tatsache, der sich jeder Hund bewusst war.

Meine Mutter war aus menschlicher Sicht keine Schönheit. Sie hatte lange, dünne Beine, war ziemlich ausgemergelt. Ihr Fell hatte drei Farben: Weiß, schwarz und braun, war richtig struppig. Auch fehlte ihr ein halbes Ohr, was auf einen heftigen Kampf schließen ließ. Am linken hinteren Bein fehlte an einer

Stelle alles Haar und ließ die Haut durchschimmern. Aber wie auch immer – sie roch einfach wunderbar, was für einen Hund viel wichtiger ist als jegliches Aussehen. Und in unseren ersten Lebenswochen bedeute uns dieser Geruch einfach alles: Schutz, Sicherheit, Fressen ...

Ich hatte vier Geschwister, zwei Brüder und zwei Schwestern. Wenn sich Mutter auf die Seite legte, zeigte sie damit, dass wir bei ihr Nahrung holen konnten. Es gab dann eine Riesenbalgerei um den vermeintlich besten Platz zum Saugen, und ein quirliger Haufen fiel regelrecht über sie her. Sie trug das Ganze mit Fassung und Geduld, denn wir waren ja nicht der erste Wurf, sondern bei ihrem Alter eher einer der Letzten. Wie alle Straßenhunde warf sie zweimal im Jahr Junge, was natürlich an ihrer Konstitution zehrte. Schon früh zeigten sich unsere verschiedenen Charaktere, wer kräftiger, und wer schwächerer Natur war. So wurde nach einiger Zeit eine meiner Schwestern häufiger zurückgewiesen, weil sie als schwach erschien. Aus Sicht meiner Mutter war es so, dass sie nicht ihre Kraft und Milch an jemanden verschwenden wollte, der ihr nicht lebensfähig erschien. Auf der anderen Seite war es mein Bruder mit den zwei schwarzen Ohren, der sich bald als der kräftigste von uns erwies. Wenn es ums Fressen ging, war sich jeder selbst der Nächste, keiner fragte nach dem Anderen. Ansonsten balgten wir uns kräftig untereinander, und nur ein kräftiges Quieken zeigte an, dass mal wieder jemand übertrieben hatte oder zu wehleidig war.

Wir hielten uns in den ersten Wochen immer in unmittelbarer Nähe unseres Geburtsortes auf, und wenn wir uns zu weit entfernten, uns mit zu großen anderen Tieren anlegen wollten oder etwas ungeeignetes Fressen wollten, griff sie ruhig aber energisch ein. Wir lernten, indem wir ganz genau beobachteten, was sie tat. Wann sie sich tiefer ins Gebüsch zurückzog, welche Vögel sie jagte und welchen sie aus dem Weg ging. Wie sie die verschiedenen Gerüche beurteilte und sich entsprechend verhielt. Wir beobachteten jede ihrer Bewegungen ganz genau, und nach einiger Zeit wussten wir, wie wir uns zu verhalten hatten, wenn sie dieses oder jenes tat. Wann sie die Nase nach oben reckte, um einem Geruch intensiver nach zu gehen oder in eine bestimmte Richtung schaute, in der sich etwas bewegte. Weshalb sie plötzlich stehen blieb, weil etwas ihre Aufmerksamkeit erregt hatte. Ständig auf der Suche nach Fressbarem oder einer möglichen Gefahr. Jeder Tag war nichts anderes als eine neue Lektion für unser zukünftiges, selbständiges Leben. Morgens und abends verließ sie unser Versteck, um etwas zum Fressen zu suchen. Am Anfang nur für sich selbst, um Milch geben zu können, später um uns fressen zu lassen. Hunde fressen so ziemlich alles, und so brachte sie auch die verschiedensten Dinge mit. Ich kann mich noch gut daran erinnern, wie sie einmal eine Ratte mitbrachte, der die

Gedärme heraushingen, aber erst wenige Tage tot zu sein schien. Ein echter Leckerbissen. Sie schmeckte einfach köstlich und entsprechend groß war das Gestreite um sie.

Als wir älter wurden, begann Mutter damit, uns auf erst auf kleineren, später auf größeren Spaziergängen mitzunehmen. Wir schnüffelten da, wo sie auch geschnüffelt hatte und ein bisschen mehr, denn uns interessierte natürlich so mancherlei. Wir fraßen und probierten auch so ziemlich alles, was uns zwischen die Zähne kam. Auch hier ging es wieder darum, genau zu beobachten, wie sich Mutter verhielt. Hatte einer von uns etwas scheinbar Wichtiges entdeckt, so verwandelten wir uns schnell in ein Knäuel aus weichem Hundefell und herum fliegenden Beinen und Schwänzen. War doch klar, dass so etwas nicht ohne Streit abging. Ein Hund frisst nicht nur, um den Magen zu füllen, sondern zieht aus dem Geschmack – auch wenn es aufgeleckt wurde – wichtige Informationen. Von welchem Tier stammt der Kot, was hat es gefressen? Wie lange kann das her sein, ist es von einem ralligen Weibchen? Handelt es sich um einen Straßenhund oder um einen bei Menschen lebenden Hund, wie groß wird er wohl sein? Ist mit Aggression oder mit Ignoranz zu rechnen? Bin ich in ein fremdes Revier eingedrungen? Alles Informationen, die für einen Hund wichtig sind, auch wenn die Menschen es bei ihrem Hund nicht mögen, wenn er Kot frisst. Was genau ein Hund herausliest, wird aber für Menschen ein Geheimnis bleiben. Ähnlich verhält es sich mit Gerüchen, was für einen Hund gut riecht und was für einen Menschen stinkt, das sind zwei ganz verschiedene Dinge. Wobei hier zu beachten ist, dass beim Hund der Geruchssinn der wichtigste seiner Sinne ist.

An einem kühlen Morgen, gingen wir wieder einmal auf Erkundungstour. Wir hatten uns bisher im Bereich der Wiese und des Weges aufgehalten, doch diesmal ging es in die andere Richtung, tiefer ins Buschwerk hinein. So mancher Ast wurde zur Peitsche, nachdem er vom Vorgänger unbeabsichtigt gespannt worden war, oder zur Nadel, die ins Fell stach. Aber immerhin fanden sich auch tote Mäuse oder schimmelige Abfälle, die für Abwechslung sorgten. Je weiter wir vorankamen, desto häufiger und lauter hörten wir ein uns unbekanntes Geräusch. Es kam und ging schnell, wurde lauter, erreichte ein Maximum und wurde wieder leiser. Auch ein Geruch nahm zu, den wie zwar vom Schrottplatz kannten, aber doch irgendwie anders war. Er mahnte zur Vorsicht.

Schließlich erreichten wir das Ende unseres Buschwaldes. Vor uns tat sich ein völlig kahler Streifen auf, der auf der einen Seite am Horizont verschwand, auf der anderen Seite hinter einer Krümmung weiterzugehen schien. Wir hielten vorsichtig an, Mutter wirkte besonders aufmerksam. Rasend schnell, mit lautem Getöse und üblen Gestank verbreitend, kamen farbige Fahrzeuge angerast und waren schnell in der Gegenrichtung verschwunden. Wir sahen zum ersten Mal eine Straße und schauen uns einige Zeit dieses Geschehen an. Je länger wir dort saßen, desto mehr verlor sie ihren Schrecken; jedenfalls erschien sie uns weniger bedrohlich. Aber Mutter achtete schon sehr darauf, dass wir nicht vom Rand auf die Mitte zu liefen. Als es immer langweiliger wurde, den Autos zuzuschauen gingen wir weiter unseres Weges. Mutter voran, ihr Nachwuchs hinterher. Schnell stellte sich das gewohnte Verhalten ein, und neben dem Vorangehen wurde sich gebissen, übereinander gesprungen, herumgebalgt oder alles Mögliche beschnüffelt und aufgefressen. Es trat also die Unbekümmertheit ein, die wohl alle kleinen Tiere oder Menschen auszeichnet und dem Betrachter als fröhliches Knäuel erscheint. Die Raserei auf der Straße trat in den Hintergrund.

Wir nahmen nur unbewusst wahr, dass sich in der Ferne ein Auto besonders schnell näherte. Gleichzeitig kabbelten sich zwei meiner Brüder, vergaßen im Spiel ihre Umgebung. So ergab es sich, dass der eine den anderen ungewollt doch tiefer in die Straße hinein schubste. Da das Auto sich auf der anderen Seite der Straße näherte, schien sich die Gefahr im Rahmen zu halten. Wir hatten erwartet, dass das Auto Dicht an meinem Bruder vorbeischießen würde – doch das tat es nicht. Der Fahrer muss gesehen haben, dass der Hund weiter in die Straße gelaufen war, und hätte nur weiter geradeaus fahren müssen – doch das tat er nicht. Kurz vor meinem Bruder machte er einen Schlenker auf die andere Spur und fuhr ungebremst in meinen

Bruder hinein. Der Schlag als er ihn traf, und dessen kurzer, spitzer Todesschrei fielen zusammen. Wie ein schwarz-weißes Fellknäuel flog er durch die Luft, war wahrscheinlich schon tot, als er wieder auf die Straße fiel. Rollte noch ein Stück über das Pflaster und die unmittelbar nachfolgenden Autos fuhren nochmals über ihn hinweg. Meine Mutter hatte sofort angefangen in höchster Panik loszubellen, wollte ebenfalls auf die Mitte der Straße laufen. Machte dazu mehrere Anläufe, doch die Fahrzeuge folgten zu Dicht aufeinander, sodass sie einige Male zurückspringen musste. Als sich eine längere Pause zwischen den heranfahrenden Autos auftat sprang sie vor und schnappte blitzschnell das blutüberströmte Bündel. Es war nicht mehr als Hund zu erkennen, war eher eine Masse aus Fell, Knochen und Gedärmen. Trotzdem leckte es Mutter ab, als könnte sie es wieder zum Leben erwecken. Sie jaulte, stupste es mit der Nase. Nichts regte sich mehr. So dauerte es nicht lange und sie packte ihren toten Welpen ein letztes Mal zwischen den Zähnen und legte ihn am Straßenrand ab. Ich und meine Geschwister sahen dieser Szenerie wie versteinert zu, begriffen nur langsam, was sich hier eigentlich abgespielt hatte. Nur das Herumtollen war schlagartig beendet.

Wir setzten unseren Weg fort, blieben aber Dichter bei unserer Mutter. Es ging noch ein ganzes Stück an der Straße entlang, bis wir an eine Stelle kamen, an der ein weniger befahrener Weg einmündete. Hier begann dann auch wieder das Herumgetolle.

Das Erlebte schien weit weg zu sein. Wir nahmen neue Gerüche wahr, die auf eine menschliche Behausung mit all ihren Köstlichkeiten schließen ließ. Was Menschen wegwerfen, ist für uns oft noch der reinste Genuss. Das der Kontakt mit Ihnen mit Vorsicht zu genießen ist, spürten wir instinktiv, niemand brauchte es uns erklären. Aber wie unterschiedlich sich Menschen manchmal gegenüber Hunden verhalten, lernten wir später zur Genüge.

Mutter führte uns also zu einer menschlichen Behausung, zu einem Campingplatz. Dort waren viele Menschen auf ziemlich engen Raum beieinander, doch da die meisten von ihnen jeweils nur auf einfache Art und Weise ihre Nahrung produzierten, oder sie so aßen, wie sie war, blieb so mancherlei für hungrige Hunde liegen. Außerdem arbeiteten die Leute dort nicht, sondern saßen redend beieinander oder machten anderes, was ihnen Freude zu machen schien. Deshalb waren den meisten von ihnen auch die Hunde egal, die um ihre Wohnwagen oder Zelte herumschlichen. Wenn man also als Hund keinen großen Fehler machte, konnte ein Campingplatz zu einer reichhaltigen Nahrungsquelle werden.

Wir kamen durch ein großes Tor, dass für die Autos mit einer Schranke verschlossen war. Aber darunter liefen wir natürlich einfach hindurch. Neben der Straße war ein Haus, aus dessen Fenster ein Mensch herausschaute und lauthals fluchte als er uns sah. Also beeilten wir uns, an ihm vorbei zu kommen. Nicht weit vom Eingang entfernt war ein anderes Gebäude, das uns wegen seinem außerordentlich intensiven Geruch magisch anzog: die Küche. Vorsichtig schlichen wir um das Gebäude herum, aus dessen Inneren einerseits dieser gute Geruch, andererseits aber auch von Menschen gemachte Geräusche kamen. Einer meiner Brüder steckte vorsichtig die Nase in die geöffnete Tür, wurde aber nicht nur wütend beschimpft, sondern bekam auch sofort eine Ladung Wasser verpasst. Dabei hatte er Glück, dass es kein heißes Wasser war. Aber es genügte, um klarzumachen, dass es nicht geraten war, in die Küche hineinzugehen. So wendeten wir uns einer anderen Sache zu. Nicht weit entfernt standen große Blechtonnen, aus denen der Geruch von Küchenabfällen kam. Und drum herum lagen doch ziemlich viele Reste, die wir uns schmecken lassen wollten. Doch dazu kamen wir nicht mehr. Wie aus dem Nichts schossen zwei riesengroße Hunde hervor, die gut genährt und sehr kräftig waren. Sie stürzten sich sofort auf meine Mutter, bissen ihr in die Flanken und in den Rücken. Mutter heulte kurz auf, versuchte, sich zu wehren. Doch die beiden anderen Hunde wichen geschickt aus, und als sie sich dann darauf beschränkten, nur noch zu bellen, ergriffen wir die Flucht. Aus der Entfernung sahen wir, wie sie sich über die Essenabfälle hermachten. Mutter blutete, aber uns Welpen hatten sie in Ruhe gelassen, wahrscheinlich hatten sie uns gar nicht ernst genommen.

Es war noch früh am Morgen und deshalb waren nicht allzu viele Menschen unterwegs. Die wenigen die wir sahen, liefen entweder geschäftig irgendwo hin und her, oder aber sie saßen an einem Tisch und aßen ihr Frühstück. Die Menschen reagierten entweder indem sie uns ignorierten, oder indem sie uns freundlich hinterher lächelten. Nur wenige verjagten oder beschimpften uns. Vor einem großen Wohnwagen mit Vordach saß eine Familie mit Kindern zusammen und verzehrte Brot mit süßem Belag. Als eines der kleinen Mädchen uns sah, sprang es aufgeregt auf und lief auf uns zu. Überrascht wischen wir zurück. Von den Eltern gerufen, kehrte das Kind auf seinen Platz zurück, schaute aber immer wieder zu uns herüber. Ich nahm meinen ganzen Mut zusammen und lief ganz vorsichtig, bereit davon zu springen, auf sie zu. Der Geruch von dem Frühstück wirkte geradezu anziehend. Zwei Armlängen von dem Tisch entfernt setzte ich mich hin, schaute das Kind Direkt an. Nun huschte auch über das Gesicht der Eltern ein Lächeln und sie schimpften nicht, als mir ihre Tochter ein Stück von ihrem Weißbrot zuwarf. Dankbar schnappte ich danach, ein Stück Fleisch wäre mir zwar lieber gewesen, aber auch das Brot schmeckte mir gut. Nun hatte ich die Aufmerksamkeit der ganzen Familie gewonnen, sie fanden mich mit meinen großen Pfoten und dem flauschigen Welpenfell niedlich. Ich wusste nun, dass sie mir nichts Böses tun würden. Deshalb kam ich noch näher heran und ließ zu, dass mich das Mädchen berührte und mir über Kopf und Rücken streichelte. Ich blieb noch eine Weile sitzen, bekam aber nichts mehr zum Fressen. Ein Bellen meiner Muter rief mich dann zurück zu den anderen. Dies war also meine erste Direkte Berührung mit den Menschen. Meine Geschwister machten ähnliche Erfahrungen und wir hatten sofort begriffen, wie man sich verhalten muss, wenn man etwas haben möchte.

Zwischen den Zelten und Wohnwagen fanden sich immer wieder irgendwo Abfälle. Halb rohes Fleisch, vom Grillen übrig geblieben, Brot oder Salatreste. Mal ein Stück Pizza oder Nudeln. Aber mit der Zeit wurden es auch immer mehr Menschen um uns herum. Auch das Personal des Campingplatzes tauchte auf, und die sahen uns Straßenhunde als Plage, die es unbedingt zu beseitigen galt. Egal mit welchen Mitteln. Also wurde es langsam gefährlich für uns und wir schickten uns an, den Campingplatz zu verlassen.

Wieder ging es die viel befahrene Straße zurück, wir hielten uns aber mit Rangeleien zurück und waren froh als wir unser wohlbekanntes Gebüsch mit dem schützenden Blätterdach erreichten. Vor allem meine schwächste Schwester schien sehr mitgenommen. Dann rollte sich ein jeder zusammen und schlief, ohne die Aufmerksamkeit gegenüber dem Umfeld ganz zu verlieren.

Die nächsten Tage und Wochen vergingen in ähnlicher Weise. Doch unser Aktionsradius wurde größer, und unser Appetit und die benötigte Nahrung nahm zu. Natürlich wachte Mutter weiterhin über uns, aber immer häufiger lösten wir uns allein von unserem Versteck, suchten vermehrt selbständig nach Fressen. Nur unsere schwache Schwester blieb meist allein zurück. Dabei fiel es auf, dass sie viel kleiner war, als meine Geschwister und ich, und weil sie nicht wirklich nach Nahrung suchte, litt sie auch ständig unter Hunger. Immer wieder stupste sie unsere Mutter an und hoffte, von ihr Milch zu bekommen, aber die war längst versiegt. Wir merkten zwar, dass es ihr nicht gut ging, kümmerten uns aber nicht darum. Eines Tages ging sie allein davon und kam nicht mehr zurück, sie wurde nie wieder gesehen.

Mein Bruder mit den zwei schwarzen Ohren begann seine eigenen Wege zu gehen, doch mit dem Bruder, der ein weißes und ein schwarzes Ohr hatte, tat ich mich zusammen und wir erkundeten gemeinsam die Umgebung. So kam es, dass wir uns auch den Schrottplatz genauer ansahen. Es stank dort nicht nur nach Öl, Benzin und rostigem Eisen. Es war eine Vielzahl von Gerüchen, die sich in ihrer Intensität abwechselten, mal mehr, mal weniger präsent waren. Sie forderten unsere Neugier heraus. Es schien, als würden manche Autos noch nach ihren alten Besitzern riechen, und da sich dort inzwischen auch Kleintiere wie Vögel oder Mäuse eingerichtet hatten, gab es viel zu erkunden und entdecken. Die Menschen die dort arbeiteten, traten nur selten in Erscheinung und waren viel zu sehr beschäftigt, um sich um andere Lebewesen zu kümmern. So kam es, dass mein Bruder und ich am rostigen Zaun herum schnüffelten, bis wir an eine Stelle kamen, an der wir nur wenig in der Erde graben mussten, um unter dem Zaun hindurch kriechen zu können. Wir hatten schon Herzklopfen, als wir zum ersten Mal auf dem Gelände des Schrottplatzes standen; jetzt mit dem trennenden Zaun im Rücken. Aber wir hofften, irgendetwas Fressbares zu finden, schließlich gab es hier auch Menschen, die doch immer etwas zurückließen. Da standen wir nun, mit einer Unmenge an Gerüchen in der Nase und wussten nicht so recht, wohin wir uns wenden sollten. Zögerlich wandten wir uns einem völlig verbeulten, rostigem Auto zu, dem Motorhaube und Türen fehlten. Hatten wir bisher nur diese Ungetüme dahinrasen sehen, wollten wir nun wissen, wie es wohl drinnen aussieht. Es war nur ein kleiner Sprung nötig und wir landeten auf kaputten Polstern, aus denen bedrohlich die Spitzen ihrer Metallfedern schauten. Und nachdem wir uns einige Male an ihnen gepikt hatten, wurden wir vorsichtige,r was den Umgang mit diesen eisernen Ungetümen betraf. Aber die Polster waren wunderbar weich und bequem, rochen auch wunderbar moderig. Einige Zeit blieben wir so liegen, doch dann meldete sich der Hunger und wir hatten das Bedürfnis, Fressbares zu suchen. Schließlich sprangen wir wieder heraus und schauten uns weiter um, liefen mal unter den Blechlawinen hindurch, sprangen mal in andere Fahrzeuge. Einmal zuckte mein Bruder überrascht zusammen, als dicht vor ihm eine Maus aus ihrem Versteck schaute. Sofort sprang er hinterher, doch die Maus war schneller und er riss sich dabei ziemlich übel die Nase auf, die sogleich anfing, heftig zu bluten. Damit hatten wir für heute genug vom Schrottplatz. Auf dem Rückweg fanden wir noch ein paar Kleinigkeiten zum Fressen, dann legten wir uns unter unser Gebüsch und schliefen unter der Obhut unserer Mutter, die aber recht wenig Notiz von uns nahm. Sie leckte zwar meinem Bruder ein paar Mal über die blutige Nase, schien aber das Ganze mit Fassung zu tragen. Nachmittags erlebten wir zum ersten mal bewusst Regen. Einerseits fanden wir gut, dass es weniger heiß war als sonst. Andererseits war es auch nicht so toll, ständig ein nasses Fell zu haben. Aber immerhin stellten wir fest, dass nun so mancherlei andere Kleintiere aus ihren Verstecken kamen, die wir einige Male erfolgreich jagten und dann genüsslich verspeisten.

Landsberg, 2007

Der Schäfer

Der alte Schäfer versuchte, das, was hinter ihm lag zu vergessen, aber wie sollte er die grausigen Bilder unterdrücken, die sich in seinen Geist eingefressen hatten? Der Braune lief langsam aber stetig voran und Tjaldur folgte ebenso stoisch. Dem einsamen Reiter tat wieder einmal alles weh, denn eine so große Strecke war er schon lange nicht mehr geritten. Er wusste die ungefähre Richtung - immer nach Süd-Westen. Das Ziel war Kirkur, denn dort hoffte er, seinen Versorgungsfahrer Gunnar zu finden, um ihn nach der Frau zu fragen, die möglicher Weise seine Tochter war. Wen kannte er denn sonst in dieser fremden Umgebung? Mit ihren Straßen und Häusern, die so Dicht beieinanderstanden, dass man genau sehen konnte, wer zu Hause ist und wer nicht.

Peer hatte nur eine ungefähre Ahnung, wie lange er unterwegs sein würde. Vielleicht einen Tag? Vielleicht auch länger? Immer wieder hörte er Autos, die über die F22 rasten, große Staubwolken produzierten und es anscheinend sehr eilig hatten. Einerseits hielt er sich von der Straße fern, andererseits brauchte er sie zur Orientierung, denn das Gelände, in dem er sich bewegte, war bestens geeignet, um sich hoffnungslos zu verirren. Nur der große Myrdalsjökull war ein verlässlicher Wegweiser.

Etwa um die Mittagszeit kam er in ein Gebiet, in dem es stark nach Schwefel roch und sich im Boden heiße Lehm- und Schwefelquellen auftaten. Der Geruch legte sich unangenehm auf die Lungen und Peer musste sehr aufpassen, dass nicht eines seiner Pferde in ein Loch trat, das sich möglicherweise als heiße Quelle erwies. Aber immerhin wusste er jetzt, dass er sich in der Nähe des Torfajökulls befand, etwa auf Höhe der Elgdja. Also hatte er bisher etwa dreißig Kilometer hinter sich gebracht und bis Kirkur waren es jetzt bestimmt noch einmal fünfzig Kilometer. Also war das Tagespensum, das er sich vorgenommen hatte nicht zu schaffen. Er hätte liebend gern eine Pause gemacht, aber das wollte er in dieser Gegend auf keinen Fall. Also trieb er die Pferde weiter voran.

Erst als er sich nach Südosten wandte, und dort die F22 überquerte, ließ er sich am Ufer der Skafta nieder, ein kühler, aber sehr sauberer Gletscherfluss. Gierig nahmen die Pferde das Wasser auf und Peer ließ sie fressen. Auch er ließ sich ins Gras fallen. Als es dunkler und kälter wurde, wickelte sich der alte Schäfer in die Zeltplane ein und ihn überkam ein traumloser Schlaf.

Fröstelnd wachte Peer auf. Die Kälte hatte sich tief in die Knochen eingefressen und es fiel ihm schwer, Arme und Beine zu bewegen. In seinem Bart hatten sich Eiskristalle gebildet. Aber er musste aufstehen. Nur wenige Meter entfernt standen seine Pferde. Ihr Atem gefror und bildete kleine Nebelwölkchen. Schnaubend registrierten sie, dass auch ihr Anführer wach war.

Peer hängte sich die Zeltplane über die Schultern und ass ein wenig von seinem Proviant. Auch die Pferde nagten an dem eiskalten Gras und nahmen ein paar Schluck von dem Gletscherwasser. Ansonsten hielt sich Peer nicht lange auf, sattelte den Braunen und warf Tjaldur die Packtaschen auf den Rücken.

Peer hätte sich gern direkt nach Osten gewandt, denn dort musste Kirkur liegen. Er hielt sich parallel zur F22 und ritt in Richtung Gräf. Von dort war es nicht mehr weit bis zur Hringvegur – Islands Ringstraße. Wenn er ihr ostwärts folgen würde, musste er nach Kirkur kommen.

Der alte Mann fragte sich, ob er irgendwann schon einmal in dieser Gegend war. Alles war fremd, schon isländisch, aber ungewohnt und unbekannt. Überall fremde Wege und Straßen. Er war erst einen Tag unterwegs, aber er sehnte sich schon jetzt nach seinem grünen Tal und seinem Winterquartier zurück. Wieder wurde ihm schmerzlich bewusst, dass es sein altes Leben nicht mehr gab. Wieder versuchte er, die aus seinem Bewusstsein aufsteigenden Bilder zu ignorieren, aber es fiel ihm sehr schwer. Das Gelände war von vielen Bächen und Hügeln durchzogen, die den Pferden viel abverlangten. So lenkte sich Peer damit ab, sich auf den Weg zu konzentrieren.

Peer kam gut voran und nach zwei Stunden kam er nach Gräf. Eigentlich nur ein kleiner Hof, aber dort standen viele bunte

Zelte und wohl dazugehörige Autos. Auf keinen Fall wollte er hier anhalten, deshalb ritt er zügig mitten auf der Straße an dem Hof vorbei.

Missmutig wandte er seinen Blick auf diesen Ausläufer der Zivilisation, da sprang vor ihm eine Frau auf die Straße und wedelte mit den Armen in der Luft herum.

„Stop, Stop!", brüllte die Fremde. Sie war vielleicht vierzig Jahre alt, trug eine blaue Jeans, einen warmen Wollpullover und auf dem Kopf eine weiße Mütze mit großem Schirm.

Der alte Schäfer hielt an. Was wollte die Frau von ihm? Gab es irgendeine Gefahr?

Als Peer stoppte, beruhigte sie sich, blieb aber auf der Straße stehen und schien auf etwas zu warten. In einer Sprache, die Peer nicht verstand, rief sie etwas in Richtung der Zelte.

Es dauerte einen Moment, dann öffnete sich in einem Zelt ein Reißverschluss und ein Mann schaute heraus, verschwand kurz im Innern und stürzte wieder hinaus. Er gestikulierte in Richtung Peer mit den Armen und kam zu ihm gelaufen. Dann stellte auch er sich neben die Frau und hielt eine Kamera vor sein Gesicht. Es klickte einige Male, dann trat das Paar lächelnd zur Seite und gab den Weg frei. Sie nickten freundlich und verschwanden in ihrem Zelt.

Peer brauchte einen Moment, um zu verstehen, was das alles sollte. Er schüttelte den Kopf über so viel Dreistigkeit und trieb sachte sein Pferd an. Bitter stieg in ihm auf, dass er sich anscheinend zu einer Touristenattraktion entwickelte.

Peer blieb dicht bei der Straße, ritt aber in einigem Abstand zu ihr, wann immer das möglich war. Der Verkehr nahm zu und die Pferde wurden unruhig, wann immer ein Autofahrer hupend an ihnen vorüber fuhr.

Schließlich stand der alte Schäfer an der Stelle, an der die F22 auf die Ringstraße stieß. Ein großes, gelbes Schild zeigte die entsprechenden Richtungen an: Nach rechts ging es nach Reykjavik, nach links nach Höfn. Also musste Peer nach links. Entfernung fünfundzwanzig Kilometer, noch einmal mindestens zwei Stunden.

Hier war noch mehr Verkehr als bisher, und er versuchte wieder, sich neben der Fahrbahn zu halten. Er wurde immer unruhiger, diese Fahrerei auf der Ringstraße machte ihn ganz krank. Er fragte sich, was sich nicht noch alles in den letzten Jahrzehnten verändert haben mochte.

Dann zeigten sich in der Ferne mehrere Häuser: Kirkur – eigentlich Kirkjubeijarklaustur. Aber die Einheimischen sagten immer nur kurz Kirkur. Ein kleiner Ort mit einhundertfünfzig Einwohnern, der davon profitierte, zwischen Vik und Höfn die einzige größere Ansiedlung zu sein.

Die Sonne stand schon ziemlich tief, als der Schäfer in die kleine Stadt hineinritt. Links von ihm stieg das Gelände steil an, auf der rechten Seite lag der Küstenstreifen, und dahinter dehnte sich das Meer bis zum Horizont.

Direkt an der Hauptstraße lag eine Tankstelle, daneben ein großer Supermarkt und dahinter ein Campingplatz. Peer schüttelte den Kopf, Island schien nur noch für Touristen da zu sein.

Langsam ritt Peer auf die Tankstelle zu. Er stieg ab und band seine Tiere an der Luftdrucksäule für Autoreifen an. Es gab drei Zufahrten zu den Zapfsäulen, an denen einige Autofahrer Benzin in ihre Fahrzeuge füllten. Dazu eine Waschanlage und zwei Hallen, in denen Autos repariert wurden. Den Mittelpunkt bildete ein verglaster Laden, in dem einige Leute an der Kasse anstanden. Einen Moment hatte er das Bedürfnis, sich auf sein Pferd zu setzen, um nach Hause zu reiten – aber das gab es nicht mehr. Also ging er schweren Herzens hinein und stellte sich in die Reihe der Wartenden. Vor ihm stand eine gut gekleidete Frau, die nach Parfum und teurer Seife roch. Sie drehte sich um, als sie Peer wahrnahm und rümpfte beleidigt die Nase. Anscheinend gefiel ihr der Geruch des Schäfers nicht.

Als Peer an der Reihe war, wusste er zunächst nicht, was er sagen sollte. Hinter dem Tresen stand eine Frau, auch nicht mehr ganz jung, vielleicht auch schon sechzig Jahre alt. Sie hatte dunkelblonde Haare und ein offenes, freundliches Gesicht. Auch sie zog die Augenbrauen hoch, als der Alte vor ihr stand. Aber das war wohl eher Überraschung als Ablehnung. Schließlich lachte sie laut los.

„Ja, guten Tag. Was möchtest Du denn?"

Peer tat sich mit einer Antwort schwer. Er setzte ein paar Mal an, verhaspelte sich aber immer wieder.

Die Frau an der Kasse wurde ernster.

„Jetzt mal ganz ruhig, mein Freund. Atme drei Mal kurz durch, und dann sagst Du mir, wie ich Dir helfen kann."

Ihre Stimme klang fest, aber nicht grob oder unfreundlich. Peer fasste Vertrauen.

„Ich möchte Dich nur etwas fragen", brachte er endlich heraus.

„Hättest Du vielleicht einen Eimer für mich, den ich mit Wasser für die Pferde füllen kann?"

Wieder lachte die Frau ihr verständnisvolles Lachen.

„Ah ja, ich dachte, Du willst Deine Pferde volltanken und den Druck in den Hufen prüfen".

Peer brummte „Na denn eben nicht", und drehte sich um. Doch die Frau lenkte ein.

„Entschuldigung, ich wusste nicht, dass Du völlig humorlos bist. Ich schaue mal nach einem geeigneten Gefäß. Irgendwas wird sich schon finden."

Peer blieb stehen und grummelte so etwas wie „Vielen Dank" in seinen Bart.

Die Tankstellenfrau ging nach hinten in einen Lagerraum und kam nach kurzer Zeit mit einer großen, sauberen Plastikschüssel zurück.

„Hier, mein alter Freund. Hinter dem Haus ist ein Wasseranschluss. Da kannst Du Wasser einfüllen und Deine Tiere in Ruhe saufen lassen."

Dankbar nahm Peer die Schüssel entgegen und ging zu seinen Tieren.

Hinter dem Haus gab es nicht nur Wasser, sondern auch einen gepflegten Rasen. So hatten die Pferde auch noch zu fressen, denn der Unterschied zwischen einem Ziergarten und freiem Gras schien Peer gänzlich unbekannt zu sein.

Es dämmerte bereits, als Peer die Schüssel zurückbrachte.

In dem Kassenraum war jetzt niemand mehr. Nur die Tankstellenfrau war noch da. Nachdenklich musterte sie den Schäfer.

„Was hast Du eigentlich hier in der Stadt vor? So unterwegs mit zwei Pferden, die brauchen doch einen Stall. Und Du brauchst eine Bleibe."

Peer fühlte sich ertappt. Er hatte keine Lust, mehr zu erzählen, als wie unbedingt nötig ist. Aber wenn diese Frau sich so freundlich zeigte, konnte er auch nicht unfreundlich sein.

„Da hast Du schon recht. Aber eine Bleibe werde ich schon noch finden, und die Pferde sind zäh. Nicht so verhätschelt wie die Touristengäule."

Sie hörte aufmerksam zu und Peer sprach weiter.

„Ich bin nach Kirkur gekommen, weil ich Gunnar Aldorsson etwas Dringendes fragen muss. Danach wird sich finden, wie es weitergeht."

Die Frau nickte verständnisvoll.

„Na gut, Du wirst schon wissen, was Du tust."

Sie zögerte einen Moment und fügte hinzu: „Jedenfalls hoffe ich das ..."

Sie schaute ihm tief in die Augen und schien darin seine zerbrochene Welt zu erkennen, und plötzlich hatte sie großes Mitleid mit ihm. Es war nur ein Gefühl, aber die Augen sind bekanntlich der Spiegel der Seele. Sie machte schon den Mund auf, um zu fragen, wo er denn eigentlich herkommt, schluckte die Frage aber schnell wieder herunter. Hier war ein Mann, der nicht viel reden wollte.

Trotzdem hatte sie das Bedürfnis, ihm etwas Gutes zu tun.

„Ich habe so den Eindruck nicht nur Deine Pferde müssen versorgt werden, sondern auch Du. Komm, such Dir ein Sandwich aus."

Sie zeigte auf die üppig gefüllte Essensauslage.

Doch Peer schien sie nicht zu verstehen.

„Nein, nein. Danke. Ich kann das nicht bezahlen", brachte er hektisch heraus.

Wieder sah sie ihm tief in die Augen und dachte: „Was für ein armer, aber anständiger Kerl."

Vorsichtig fragte sie:

„Wie heißt Du eigentlich? Ich bin Inga."

Wieder zögerte Peer mit einer Antwort. Dann nannte er doch seinen Namen.

„Ich heiße Peer und bin ...., ich wollte sagen: Ich war Schäfer. Ein ganz einfacher Schäfer."

Der Frau entging nicht die Veränderung in Peers Gesicht. Vorher wirkte er einfach und bescheiden, jetzt spüret sie aber auch eine gewisse Härte in ihm.

„Also gut – Peer. Du brauchst das Sandwich nicht bezahlen, ich schenke es Dir."

Peer schluckte. Er hatte Riesenhunger, aber er fragte sich auch, ob sein Magen die ungewohnte Nahrung wohl vertragen würde.

„Danke Inga, aber ich bin so etwas nicht gewöhnt."

„Was bist Du nicht gewöhnt: Das man Dir etwas schenkt oder das Sandwich?"

Peer fühlte einen Kloß im Hals und wusste nicht, was er antworten sollte. Wieder lenkte Inga ein.

„Peer, Du musst etwas essen, ich merke es Dir doch an. Versuche es wenigstens. Setze Dich da hinten an den Tisch und dann isst Du – ganz langsam. Ich spendiere Dir auch noch ein großes Glas Milch."

Peer brachte ein leises „Na, gut" heraus und setzte sich an den runden, weißen Tisch.

Inga tat ein Käse-Sandwich auf einen Teller, füllte ein Glas mit Milch und brachte es ihrem sonderbaren Gast. Er biss erst sehr vorsichtig in das helle Brot, aber schon nach dem zweiten Bissen, fühlte er, wie gut es ihm schmeckte.

Inga setzte sich zu ihm und trank eine Tasse dampfenden Tee. Jetzt fing Peer ein Gespräch an, vergaß, sich für alles zu bedanken.

„Ich habe Dir ja schon gesagt, dass ich Gunnar Aldorsson besuchen will. Weißt Du, wo der wohnt?"

Langsam erkannte Inga, dass Peer aus einer ganz anderen Welt zu kommen schien. Sie spürte sein Anderssein, aber auch Bescheidenheit und Güte. Eine angenehme Einfachheit. Sie wusste, es wäre besser, nicht zu viel zu fragen, aber was war das Geheimnis dieses wortkargen Mannes?

„Peer, Kirkur hat einhundertfünfzig Einwohner, und ich bin hier geboren und aufgewachsen. Wie sollte ich also Gunnar nicht kennen, wo er doch vom Transportieren lebt und oft mit seinem kleinen Transporter zum Tanken kommt".

„Entschuldigung, das kann ich nicht wissen. Aber jedenfalls scheint er noch hier zu wohnen."

„Ja, natürlich. Also möchtest Du noch heute zu ihm? Na, gut. Ich glaube schon, dass er zu Hause sein wird. Wenn Du weiter in den Ort hineinfährst", sie korrigierte sich, „ ich wollte sagen reitest, so ist fast am Ende der Straße die Polizeistation. Die ist mit großen Buchstaben gekennzeichnet. Davor steht ein mittelgroßes Haus, weiß, mit blauen Fensterläden, daneben eine große Garage, in der Gunnars Transporter steht. Du weißt doch, wie der aussieht?"

Peer nickte.

„Ja, sicher. Weiß, mit blauer Plane, auf der ‚Gunnars Touren‘ steht."

Peer hatte die Beschreibung verstanden, aber wie groß war ein „mittelgroßes" Haus?

Inga dachte im Stillen „wenigstens scheint er Lesen zu können."

Genussvoll trank Peer die Milch aus. Es hatte ihm gutgetan etwas zu essen. Aber auch Ingas Freundlichkeit überraschte ihn, war ihm auch etwas peinlich, weil er nicht wusste, wie er ihr dafür Danken sollte. Verlegen schaute er nach unten und suchte nach den richtigen Worten. Wie bedankt man sich?

„Danke, vielen herzlichen Dank. Für das Brot. Für die Milch. Dass ich hier sitzen durfte. Danke für die Auskunft, wo Gunnar wohnt."

Hatte er etwas vergessen?

„Ist schon gut, hab' ich doch gern gemacht. Schließlich bekommt man nicht jeden Tag einen so netten Gast".

Der alte Schäfer schluckte. Was antwortet man auf so einen Satz? Er wusste es nicht. Umständlich stand er auf und wich Ingas Blick aus.

„Ich muss jetzt los".

Inga schaute ihm nachdenklich hinterher.

Inzwischen hatten sich die Pferde erholt. Peer griff nach Tjaldurs Leine und stieg in den Sattel.

Als er von der Tankstelle ritt, stand Inga vor ihrem Verkaufs-
raum.

Es war kein Problem, Gunnars Haus zu finden. Aber Peer
stand vor der Tür und wusste zunächst nicht, wie er sich
bemerkbar machen sollte. Dann klopfe er gegen die Tür. Er
musste das mehrmals tun, weil es keine Reaktion darauf gab.
Aber nach einer Weile ging ein Fenster auf und eine Frau mittleren Alters schaute heraus.

„Hey, was polterst Du denn gegen die Tür! Weißt Du nicht,
wie man eine Klingel bedient?"

Verlegen antwortete Peer.

„Entschuldigung, ich habe keine Klingel gefunden."

Die Frau war so perplex, dass sie nichts sagen konnte. Dann
hörte Peer eine wohlbekannte Stimme.

„Ragnheidur was ist denn da los?"

Neben dem Kopf der Frau erschien der von Gunnar.

„Das ist doch wohl nicht wahr! Peer, was machst denn Du
hier? Ich bin doch erst übernächste Woche wieder bei Dir!"

Peer war sehr erleichtert, seinen Versorgungsfahrer gefunden
zu haben.

„Nein Gunnar, deshalb komme ich nicht. Ich habe nur eine
kleine Frage an Dich."

Es war Gunnar ein wenig peinlich, den alten Schäfer, mit den
Zügeln seiner Pferde in der Hand, so vor seinem Haus stehen zu
sehen.

„Ich weiß zwar nicht, was Du willst, aber komm`rein."

Seine Frau rümpfte die Nase. Was wollte dieser stinkende, verkommene Kerl von ihrem Mann?

Peer band seine Pferde an einer Straßenlaterne fest und klopfte ihnen noch einmal beruhigend auf den Hals. „Keine Angst, dauert nicht lange. Bin gleich wieder zurück, dann gehts wieder raus aus der Stadt."

Gunnars Frau öffnete die Haustür. Als der alte Mann eintrat, rückte sie ein großes Stück auf die Seite, um nicht mit ihm in Berührung zu kommen.

„Setz Dich", empfing ihn Gunnar. Auch er konnte Peers Geruch nicht ignorieren, ließ sich aber nichts anmerken.

Seine Frau ging eilig in die Küche und setzte Teewasser auf. So nebenbei öffnete sie das Fenster soweit wie möglich.

„Also Peer, was möchtest Du denn von mir?", fragte Gunnar.

Wieder tat sich Peer schwer, zu sagen, worum es ging, und er musste erst nach den richtigen Worten suchen.

„Also da war doch die Frau. Die, von der du letztens erzählt hast. Als Du Behördenkram erledigen musstet."

Gunnar hatte keine Ahnung. Was meinte der Alte?

„Ich habe was erzählt? Von einer Frau?"

Seine Frau in der Küche hörte aufmerksam zu.

„Ja, hast Du. Als Du mir Vorräte brachtest."

„Na gut. Aber warum sollte ich sonst auch Dir rauskommen?"

„Ja, weißt Du denn nicht mehr?"

„Nein, beim besten Willen."

Peer überlegte noch einmal.

„Na die, die so aussieht wie ich!"

So langsam dämmerte Gunnar, worauf Peer hinauswollte.

„Meinst Du, was ich mal vor zwei Jahren erzählte – die mit den gleichen Augen wie Du?"

Peer strahlte übers ganze Gesicht.

„Ja, ich wusste doch, dass Du Dich erinnerst."

Gunnar lehnte sich in seinem Stuhl zurück, seine Frau brachte den Tee.

Vor den Augen des Versorgungsfahrers tauchte das längst vergessene Bild wieder auf.

„Na gut, und was willst Du wissen?"

„Kann ja sein, dass Du recht hast und das ist tatsächlich meine Tochter!"

„Na, schön. Wäre schon möglich. Und was willst Du von ihr?"

„Ich suche sie, will sie besuchen!"

Gunnar rümpfte die Nase.

„Und – was willst Du von ihr? Soll sie zu Dir in die Wildnis ziehen? Zum Schafe züchten? Oder brauchst Du sie als Hausfrau?"

Peer nahm den provozierenden Unterton durchaus zur Kenntnis. Natürlich – keiner verstand ihn, wie denn auch? Schließlich war er ein Einzelgänger. Wie gern wäre er doch in sein altes Leben zurückgegangen! Er hatte nicht die Absicht, auch Gunnar mehr zu erzählen, als unbedingt nötig ist.

„Ich möchte einfach nur wissen, wo ich sie finden kann. Vielleicht ist sie ja auch jemand ganz Fremdes, also nicht meine Tochter!"

Einen Moment herrschte Stille. Dann sprach Gunnar weiter.

„Also gut, es ist ja schon eine ganze Weile her. Aber die Frau hatte tatsächlich die gleichen Augen wie Du, sah Dir auch ähnlich. Sie hieß Frieda Peersdottir und arbeitete in Vik, in der Ortsverwaltung."

Er machte einen Moment Pause.

„Aber Peer – nimms mir nicht übel: Wenn Du dort so auftauchst wie hier, dann kann es sein, dass man Dich von Seiten der Behörden in ein Männerheim steckt. Dann ist es vorbei, mit Deinem Leben in der Einöde. Du gehörst einfach in eine andere Welt, oder in eine andere Zeit."

Peer stand auf, hatte nichts, was er darauf antworten wollte.

„Also gut, vielen Dank. Ortsverwaltung in Vik. Werde ich schon finden!"

Er drehte sich um und ging auf die Tür zu. Aber jetzt schaltete sich Ragnheidur ein.

„Aber Peer, jetzt warte doch. Auch wenn es Dir nicht gefällt, Gunnar hat schon recht, Du wirst aufpassen müssen, dass Du nicht der Sozialbehörde auffällst. Doch als Erstes brauchst Du eine Lösung für heute – schon Deinen Pferden zuliebe."

Damit sprach die Frau einen Punkt an, der Peer durchaus auf der Seele brannte. Die Pferde waren zwei Tage unterwegs gewesen und bekamen kaum Futter und Wasser. Sie sind ihm ohne Murren gefolgt, wo immer er auch hinwollte,

„Ja, ich brauche für heute Nacht eine Unterkunft. Aber die werde ich nicht in der Stadt finden, und deshalb muss ich jetzt auch los, um mir ein ruhiges Fleckchen zu suchen."

Die Eheleute schauten sich kurz an, allmählich hatten sie Mitleid mit dem alten Mann und mochten ihn nicht in die finstere Nacht entlassen.

Gunnar schaute Peer offen in die Augen.

„Peer, wir können Dein Problem nicht lösen. Ich habe auch keine Ahnung, warum Du letztendlich aus dem Hochland hier her gekommen bist, aber ich mache Dir einen Vorschlag: Ich fahre morgen früh nach Reykjavik, muss also sowieso über Vik fahren, und dann kann ich Dich mitnehmen."

Er machte einen Moment Pause und schaute seine Frau an.

„Ragnheidur kann dann Ansgar – einen Pferdehändler - fragen, ob er sich um Deine Pferde kümmert, bis Du zurück bist."

Erst jetzt merkte Peer, wie müde und kaputt er sich fühlte. Er war aber auch der langen Diskussion überdrüssig, wann hatte er zuletzt mit jemanden so lange gesprochen?

„Ja, das wäre sehr gut. Dann kann ich mit dem Bus zurück-
fahren und den Braunen und Tjaldur abholen, ich kann diesem
Ansgar dann auch das Futter bezahlen. Ein paar Kronen habe
ich noch."

Gunnar schüttelte den Kopf.

„Nein, nein. Das wirst Du nicht brauchen, Ansgar ist ein
anständiger Kerl, der wird kein Geld von Dir wollen."

Wieder schaltete sich die Frau ein.

„Bleibt nur noch die Frage, wie es heute weitergeht. Ich
denke mal, für heute Nacht bleibst Du erst einmal hier. Was
meinst Du, Gunnar?"

Der Angesprochene nickte.

„Ja, das denke ich auch, ich möchte mir keine Vorwürfe
machen müssen, wenn Dir heute Nacht etwas passiert. Außerdem ist jetzt jeden Tag oder jede Nacht mit dem ersten Schnee
zu rechnen. Schon jetzt sinkt das Thermometer deutlich unter
null Grad. Bleibe heute Nacht erst mal hier. Wenn die Peersdottir in Vik tatsächlich Deine Tochter ist, dann wird sich schon ein
Weg finden, wie es mit Dir weitergeht."

Peer hatte keine Chance mehr, das gemachte Angebot abzu-
lehnen. Gunnar fuhr extra seinen Kleinlaster aus der Garage,
damit die Pferde dort unterkommen konnten. Für Peer richtete
Ragnheidur ein Lager im Flur her, auf dem er es sich bequem
machen konnte. Im Wohnzimmer wollte sie ihn aber nicht

schlafen lassen, sie hatte Angst, in diesem Fall einen ganzen Tag lüften zu müssen.

Peer fühlte sich schlecht. Ihm war trotz des warmen Flurs kalt und ihm war schwindlig. So war er doppelt froh, wenigstens diese Nacht nicht im Freien schlafen zu müssen. Draußen fegte ein kalter Wind um das Haus und kündigte den beginnenden Winter an.

Am nächsten Tag standen alle früh auf. Ragnheidur machte ein richtiges Frühstück mit frischem Brot und heißem Tee, dass sich Peer nach einigem Zögern gut schmecken ließ. Er war den beiden sehr dankbar und wollte ihnen nicht mehr zur Last fallen, als unbedingt nötig. Aber die Hausfrau akzeptierte Peers Widerspruch nicht: „Bei uns wird anständig gefrühstückt und wir schicken keinen Gast hungrig aus dem Haus."

Als Erstes ging Peer zu seinen Pferden, die die Nacht anscheinend gut überstanden hatten. Gunnar war alles andere als begeistert, als er die Pferdeäpfel in seiner Garage erblickte, sagte aber nichts.

Für Peer war es ein komisches Gefühl, in den kleinen Lastwagen zu steigen. Alles war eng und ungewohnt, aber nach Vik waren es bestimmt fünfzig Kilometer, dafür brauchte er mit dem Pferd einen ganzen Tag. Mit dem Laster mitzufahren sparte Peer viel Mühe.

Unterwegs sprachen Peer und Gunnar so gut wie kein Wort miteinander. Es schien alles gesagt zu sein. Der Fahrer hätte schon gern gewusst, was den alten Schäfer so plötzlich in die von ihm verabscheute Zivilisation trieb, aber der Alte wollte nicht darüber sprechen, also bohrte er nicht nach.

Auch Peer hing seinen Gedanken nach. War die Frau auf dem Amt tatsächlich „seine Frieda?" Und wenn ja, wie würde sie reagieren, wenn er nach all den Jahren unverhofft vor ihr stünde?

War sie verheiratet, hatte sie Kinder? Hatte sie noch Kontakt zu ihrer Mutter?

Gunnar hielt in der Mitte von Vik. Peer stieg aus, verabschiedete sich von Gunnar und suchte das Straßenschild mit der Aufschrift Ranarbraut. Dort waren die Polizeistation und das Büro der Ortsverwaltung zu untergebracht.

***

Es dauerte nur wenige Minuten, dann stand Peer vor dem gesuchten Gebäude.

Der alte Mann schob die Glastür auf und betrat eine kleine Halle. Auf der linken Seite gab es eine Glaswand, hinter der ein gelangweilt wirkender Polizist seine Schreibmaschine quälte. Als er Peer erkannte, verfinsterte sich seine Mine, aber er schien keine Lust zu verspüren, den alten Mann anzusprechen.

Auch auf er rechten Seite gab eine Glaswand den Blick auf das dahinter liegende Büro frei. Aber an der hineinführenden

Tür prangte ein Schild mit der Aufschrift „geschlossen". Daneben hingen die Öffnungszeiten aus: montags und donnerstags von 10.00 bis 12.00 geöffnet, dienstags von 14.00 bis 17.00 Uhr geöffnet. Peer hatte keine Ahnung, was für ein Wochentag war – denn das hatte ihn jahrzehntelang nicht interessiert.

Was sollte er jetzt machen? Die Ortsverwaltung hatte eben zu. Also gab es auf diesem Weg keine Möglichkeit um herauszufinden, ob es sich bei der Beamtin tatsächlich um seine Tochter handelte. Aber so schnell wollte er auch nicht aufgeben.

Er nahm sich ein Herz und betrat das Polizeibüro. Sofort traf ihn ein böser Blick des Polizisten, der keinerlei Anstalten machte, um Peer anzusprechen. Also musste der alte Schäfer auf ihn zugehen.

„Entschuldigung, ich hätte da mal eine Frage .....", wandte er sich an den Ordnungshüter. Wieder traf den Alten ein abfälliger Blick.

Endlich ließ sich der Polizist herab, seinem Besucher zu antworten, und setzte eine wichtige, dienstliche Mine auf.

„Bist Du Dir ganz sicher, dass Du freiwillig zur Polizei willst? Vielleicht sollte ich Dich erst einmal wegen Landstreicherei festnehmen!"

Peer erschrak, hatte er mit dem Betreten des Büros etwas falsch gemacht? Aber er war sich keiner Schuld bewusst, und überhörte den aggressiven Tonfall des unfreundlichen Mannes.

„Ich wollte zur Ortsverwaltung".

„Das habe ich gesehen", brummte der Polizist zurück, ohne Peer anzuschauen.

„Ich habe etwas Dringendes zu erledigen, deshalb muss ich zu der zuständigen Frau."

„Kein Problem", kam es zurück, „aber nicht heute."

Ganz allmählich stieg so etwas wie Ärger in Peer auf – ein Gefühl, dass er schon lange nicht mehr hatte.

„Auch wenn Du mir das vielleicht nicht zutraust – ich kann die Öffnungszeiten durchaus lesen!"

„Ach", tat der Polizist überrascht, „das überrascht mich aber! Vielleicht könntest Du Dich auch mal Waschen."

„Ich bin nicht hier um mir sagen zu lassen, was ich zu tun habe, sondern möchte wissen, wo Frieda Peersdottir wohnt. Und sonst nichts."

Jetzt stand der Beamte auf und baute sich vor Peer auf.

„Hör mir mal gut zu, Du Landstreicher: Wenn Du etwas von der Ortsverwaltung willst, dann komme gefälligst zu den Öffnungszeiten. Aber ich werde Dir bestimmt nicht sagen, wo Frieda wohnt – die hat nämlich auch ein Privatleben. Die wird sich bedanken, wenn Du altes Stinktier vor ihrer Tür stehst. Und wenn Du jetzt nicht ganz schnell verschwindest, dann lege ich Dir Handschellen an und übergebe Dich dem sozialen Dienst!"

Peer funkelte ihn an und drehte sich um, ohne ein weiteres Wort zu sagen. Der Polizist wollte ihm nicht helfen. Wieder wurde er sich schmerzlich bewusst, wie sehr er sich von der Gesellschaft entfernt hatte. Wenn er so an sich herunterschaute, dann musste er schon zugeben, dass er besonders ärmlich und verkommen aussah. Gut, seinen Schafen war das egal gewesen, aber hier unter den vielen Menschen war er wirklich ein Landstreicher. Er nahm sich vor, in Zukunft mehr auf sein Äußeres zu achten, aber im Moment half ihm das wenig.

Als der Schäfer draußen auf der Straße stand, schaute er sich um. Es war erst 8:00 Uhr, und weit und breit war niemand zu sehen. Gedankenverloren lief Peer in Richtung Stadtzentrum und hätte dabei fast eine Mutter mit ihrem Schulkind umgerannt.

„Pass doch auf, wo Du langläufst", schimpfte die Frau. Auch sie hielt ihn wohl für einen nichtsnutzigen Straßenpenner, der sich aus irgend einem Grund nach Vik verirrt hatte.

„Entschuldige, ich war in Gedanken ganz woanders", antwortete Peer, und beim Blick auf das kleine Goldlöckchen an der Hand der Mutter zeigte sich so etwas wie ein liebevolles Lächeln auf seinem Gesicht. Die Frau schien sich zu beruhigen.

„So,so. Na ja, jeder ist ja mal nachdenklich. Nichts für ungut."

Sie wollte schon weitergehen, da sprach Peer sie noch einmal an.

„Ich bin auf der Suche nach meiner ...", er hielt kurz inne, „nach einer ehemaligen Bekannten – vielleicht kennst Du Frieda Peersdottir?"

Die Frau brauchte nicht lange zu überlegen.

„Ja, natürlich. Sie arbeitet in der Ortsverwaltung, aber die hat heute zu. Was willst Du denn von ihr?"

Peer schöpfte Hoffnung, nun doch mehr über sie zu erfahren.

„Frieda kann mir vielleicht helfen, meine Tochter zu finden. Sie war mit ihr in einer Schulklasse", log er.

Die Frau nickte verständnisvoll.

„Ah ja, ich verstehe. Du bräuchtest tatsächlich jemanden, der sich ein wenig um Dich kümmert, und Deine Tochter würde Dir bestimmt helfen. Also was möchtest Du über Frieda wissen?"

Peers Miene hellte sich auf.

„Ich möchte wissen, wo sie wohnt."

„Also gut, aber sage niemandem, dass Du diese Information von mir hast. Eigentlich ist sie ein armes Ding. Sie hat vor so ungefähr fünfzehn Jahren geheiratet, aber dann ist ihr Mann mit einer Jüngeren auf und davon. Seit dem wohnt und lebt sie allein. Und weil sie ja nur ein paar Stunden die Woche arbeitet, hat sie auch nicht viel Geld. Vik hat keinen Hafen, aber einen Steg, an dem ein, zwei Fischerboote festgemacht sind. Dort ist auch die große Fischhalle. Keine schöne Gegend – es stinkt immer nach Fisch. Aber eben billig. Sie hat ein kleines, gelbes Haus, gleich hinter der Halle, weit und breit das Einzige. Du

kannst es nicht verfehlen. Gehe einfach in Richtung Strand –
und dann immer der Nase, oder dem Fischgeruch, nach."

Der Schäfer atmete auf. Endlich ein Lichtblick.

Landsberg, 2017

TNT fürs Ruethenfest

Entweder Aranka wälzte sich wirr träumend im Bett umher, oder sie lag wach in ihrem durchgeschwitzten Bettzeug. Nur an Schlafen war nicht zu denken. Sie wusste keinen vernünftigen Grund dafür, und es gab kein Problem, dass ihr auf der Seele lastete. Lag es am warmen Wetter? In den letzten Tagen zeigte das Thermometer immer über 30°C. Außerdem stand die Behandlung von Hofmaier an, doch sie vermutete, er würde zum letzten Behandlungstermin nicht mehr erscheinen. Und käme er am nächsten Donnerstag, dann war das kein wirkliches Problem, denn ihre Chefin stand hinter ihr. Also war auch das kein Grund für ihre Schlaflosigkeit. Da brodelte und arbeitete etwas in ihr. Spielte ihr wieder einmal ihre Intuition einen bösen Streich?

Die nächsten Tage vergingen ohne Besonderheiten. Nur das Milan sein Panduren-Kostüm bekam, und nur mit Mühe davon abzuhalten war, damit verkleidet zur Schule zu gehen. So wurde es der Tag, an dem Hofmaiers letzter Behandlungstermin vorgemerkt war.

Aranka stand mühsam auf, wieder klebte ihr das Nachthemd am Körper. Draußen dämmerte es, aber an Schlaf war nicht mehr zu denken. Sie setzte sich in die Küche und versuchte, den Sonnenaufgang zu genießen, um ihre trüben Gedanken loszuwerden. Aber damit hatte sie wenig Erfolg und es blieb ein ungutes Gefühl. Sie schaute kaum auf, als ihre Mutter die Küche betrat.

„Guten Morgen, Aranka. Schon so früh auf?"

„Ich konnte nicht mehr schlafen und habe wieder wirres Zeug geträumt."

Ihre Mutter horchte auf.

„Hattest Du einen dieser Horrorträume?"

„Nein, nein." Beeilte sich Aranka, zu beschwichtigen. Sie erschrak bei dem Gedanken, es könnte sich einer dieser schrecklichen, blutigen Träume ankündigen.

Ihre Mutter klang erleichtert.

„Na, dann bin ich ja beruhigt. Aber Du siehst schlecht aus, mit Augenringen und eingefallenen Wangen. Was sollen bloß Deine Arbeitskollegen denken?"

„Schon gut, Mama. Aber ich weiß nicht, was mit mir los ist und warum ich so miserabel schlafe."

Aranka frühstückte ohne Appetit.

Dann stürmte Milan herein, als würde er eine Festung stürmen: Mit lautem Kriegsgeheul und kräftig mit den Füßen stampfend, schwang er ein unsichtbares Schwert.

Aranka hielt sich die Ohren zu.

„Milan – bist Du verrückt geworden? Mir dröhnt schon so der Schädel! Hör gefälligst mit diesem Getöse auf!"

Der Junge erschrak, war sich keiner Schuld bewusst.

„Ich kann ja nicht wissen, dass Du *so* schlecht gelaunt bist!"

„Ich bin nicht schlecht gelaunt, sondern du benimmst Dich, wie ein Raubritter beim Plündern. Dein Getrampel stört nicht nur mich, oder denkst Du, die Nachbarn unter uns hören das nicht?" Milans machte ein zitronensaures Gesicht.

„Warum sind wir nicht in Ungarn geblieben? Da waren die Leute netter und haben sich nicht über alles aufgeregt."

Dann drehte er sich um und schlich beleidigt in sein Zimmer zurück. Auf das Frühstück verzichtete er.

Aranka lief genervt zur Arbeit und bemühte sich darum, nicht unausgeschlafen und nervös zu wirken. Aber sie konnte ihren misslichen Zustand nicht lange vor den Kollegen verbergen.

„Was ist los, Aranka? Geht's Dir nicht gut?", fragte besorgt ihre Chefin.

„Ich weiß nicht, was mit mir los ist. Nachts liege ich lange wach und schlafe nicht mehr ein, und dann stehe ich zu früh auf und komme einfach nicht in die Gänge."

Sie gab einen langen Seufzer von sich.

„Du solltest vielleicht mal zum Arzt gehen, und diese Schlafstörungen nicht auf die leichte Schulter nehmen. Die letzten Monate waren für Dich ziemlich anstrengend, schließlich hast Du in Ungarn alles aufgegeben, was Du Dir dort aufgebaut hattest."

Aranka nickte, freute sich über die Anteilnahme ihrer Chefin.

„Sicher, die ersten Wochen hier in Deutschland waren nicht einfach, und ich muss mich an vieles gewöhnen, was in Ungarn so ganz anders ist. Aber das ist nun einmal so, und ich lebe mich ganz gut ein. Inzwischen ich bin über das Schlimmste hinweg. Ich denke, das ist nicht der Grund, warum ich schlecht schlafe. Deshalb wird mir auch kein Arzt helfen können. Irgendetwas arbeitet in mir. Nur *was das ist,* habe ich noch nicht herausgefunden. Heute hat dieser fiese Hofmaier seinen letzten Termin, aber der ist nicht so wichtig, als das ich wegen dem, schlaflose Nächte hätte."

Karinas Vorgesetzte horchte auf.

„Hm, hm. Das kann natürlich ein Grund sein. So wie der sich aufführte, muss man schon im Voraus unangenehme Gefühle bekommen. Fühlst Du Dich denn in der Lage, diesen Kerl zu behandeln? Ich mache so etwas nicht gern, aber um Dich zu entlasten, könnte ihn auch Linda verarzten."

„Danke, für das Angebot. Aber ich möchte diesem Widerling nicht das Gefühl geben, er hätte mich in irgendeiner Weise beeindruckt, oder ich habe Angst vor ihm. Vermutlich kommt er gar nicht mehr."

Dann stürzte sich Aranka in die Arbeit. Und je mehr sie sich darauf konzentrierte, desto weniger spürte sie ihre Müdigkeit. Den Patienten gegenüber verhielt sie sich stiller als sonst, aber das fiel niemandem auf.

Dann erschien Hofmaier. Er stand an der Rezeption und wandte Aranka den Rücken zu. Sie atmete kurz durch und ihr Herz schlug schneller, die Hände wurden feucht. Hofmaier schien das

Brennen ihrer glühenden Augen im Rücken zu spüren. Er drehte sich um und ihre Blicke verbohrten sich ineinander. Dieses Mal unterließ er sein überhebliches Grinsen, die Züge zeigten Ernst und eine unsichere Anspannung. Die Lippen waren fest, zu einem dünnen Strich, zusammengepresst. Er sagte kein Wort und schaute Aranka tief in die Augen. Sie nickte ihm kurz zu und wandte sich ihrem nächsten Patienten zu.

Verunsichert rief sie ihn wenig später auf, erlebte sie doch einen anderen Hofmaier als erwartet.

Er stand wortlos auf und folgte ihr in das Behandlungszimmer.

„Guten Tag, Herr Hofmaier", sprach sie ihn förmlich an.

Er blieb stumm.

„Haben Sie in der letzten Woche ihre Streckübungen gemacht?"

„Wie denn," kam es kurz zurück.

Dann schälte er sich langsam aus seiner dünnen Jacke. Streckte zuerst den gesunden, dann den kranken Arm aus dem Ärmel. Aranka fiel sofort auf, dass er dabei schmerzlich das Gesicht verzog. Das Gelenk war geschwollen und blaue Flecken deuteten auf eine unliebsame Gewaltanwendung.

„Oh Gott! Oh Gott! Was ist denn hier passiert?", entfuhr es ihr.

Hofmaier verzog keine Miene.

„Da ist mir ein kleines Malheur passiert, tat ziemlich weh. Ich weiß nicht, ob wir heute überhaupt unsere Durchbiegeübungen machen können. Ich wäre auch nicht gekommen, wenn ich nicht diese blöde Bewegungsschiene zurückgeben müsste. Also was ist?"

„So wie der Arm aussieht, sind Dehnübungen unmöglich. Sie müssen unbedingt, am besten noch heute, zu ihrem Chirurgen. Sonst riskieren sie schlimme, dauerhafte Schäden."

„Hab mir schon gedacht, dass so ein Kommentar von Ihnen kommt. Aber ihnen kann egal sein, was aus meinem Ellbogen wird. Also ist die Behandlung hier dann wohl zu Ende. Wenn ich nochmal Krankengymnastik brauche, dann suche ich mir sowieso eine andere Praxis."

Aranka versuchte einzulenken.

„Herr Hofmaier, ich habe mich bemüht, ihren Wünschen und Anliegen gerecht zu werden. Aber ohne ihre Mitarbeit lässt sich nichts erreichen."

„Ach hör doch auf! Du hast mich mit Deiner offenen Bluse scharf gemacht, und dann das unscheinbare Hascherl gespieltl!"

Er stand auf, ließ Aranka stehen und verließ den Behandlungsraum.

Ihr war es nur recht. Es war zu keinem neuerlichen Konflikt gekommen, nicht mal zu einem kontroversen Wortgefecht. Dieser geschwollene Ellbogen war nicht therapierbar und damit war das Thema Hofmaier für sie abgehakt. Neue Behandlungstermine würde es für ihn nicht geben. Aranka stand langsam auf und ging in das Büro, das sich an die Rezeption anschloss. Aus den Augenwinkeln sah sie Hofmaier stehen, der vermutlich noch Organisatorisches zu erledigen hatte und auf ihre Kollegin wartete. Schnell wechselte sie ihren Standort, denn Hofmaier hatte sie noch nicht entdeckt, und sie hatte keine Lust, mit ihm auch nur noch ein Wort zu wechseln. Sie begann den Behandlungstermin in der Patientenakte zu dokumentieren, da hörte sie beiläufig ein Handy Klingeln. Zunächst achtete sie nicht darauf, doch dann fiel ihr Hofmaiers Stimme auf.

„Salam, Bruder." Pause. „Kein Problem. Was wir für den großen Knall brauchen: Sprengstoff, Zündmaterial, unsere Waffen, alles wird in einem Schließfach auf dem Münchner Hauptbahnhof hinterlegt." Pause. „Wir werden diese Ungläubigen, diese feinen Bürger, bei ihrem Kinderfest treffen. Sie sollen so weinen, wie die Mütter unserer getöteten Märtyrer und im Blut ihrer Kinder ersaufen." Pause.

Aranka blieb das Herz stehen. War das nicht die Ankündigung eines blutigen Terroranschlags auf das kommende Ruethenfest? Ein Schaudern erfasste ihren Körper, und vor lauter Schreck entglitt ihr der Kugelschreiber. Es gab ein klirrendes Geräusch, als der Schreiber auf den gefliesten Boden fiel. Es war nicht sehr laut, aber doch unüberhörbar.

Hofmaier wurde sofort aktiv. Er sprang hinter den Tresen und riss die Tür des Büros auf. Sein Gesicht war wutverzerrt.

„Ich hätte es wissen müssen", zischte er, „wenn jemand zum Problem wird, dann Du dreckige Schlampe!"

Aranka riss sich zusammen, so gut es ging.

„Was wollen Sie denn von mir? Und überhaupt- was haben Sie in diesem Zimmer zu suchen?"

„Versuche nicht, mich zu verarschen. Du hast mein Gespräch mitgehört. Und ich schwöre Dir: *Nur ein Wort zu irgend jemandem, und Du wirst den nächsten Sonnenuntergang nicht überleben! Bei Allah, dem einzigen Gott, und Mohammed, seinem Propheten: Ich werde Dich umbringen!"*

Aranka zitterte am ganzen Leib, ihre Stimme war ein hilfloses Wispern:

„Ich habe nichts mitgehört – und kann deshalb auch nicht weitererzählen, was ich nicht gehört habe."

Hofmaier brachte sein schmieriges, feistes Gesicht dicht an das ihre, und stinkiger Schweißgeruch stieg ihr in die Nase.

„Ich habe Dich gewarnt. Du darfst jetzt wählen: Leben oder Tod!"

Er drehte sich um und verließ das Büro.

Aranka fühlte sich krank, hilflos wie ein Kind, das in einem Schlauchboot auf dem Ozean schwimmt. Sie spürte, wie es in ihren Schläfen hämmerte und der ausgetrocknete Mund eine gefühllose Zunge zu bewegen versuchte. Ihre schönen Augen füllten sich mit Tränen, die in feuchten Bahnen ungehemmt herunterliefen. Ihr wurde schlecht. Sie hatte das Bedürfnis sich zu übergeben, obwohl der Magen kaum gefüllt war.

Ihr schossen hundert Gedanken gleichzeitig durch den Kopf und schufen ein wirres Knäuel von Fragen und Ängsten. Ineinander verflochten und verknotet. Jedes mitgehörte Wort wies auf ein Blutbad und ließ sie im nächsten Moment erschauern. Eines war klar: Hofmaier meinte, was er sagte, und zwar genauso, wie er es sagte. Sie zweifelte nicht eine Sekunde an Hofmaiers Bereitschaft, sie zu ermorden. Ihr wurde beängstigend klar, dass sie es mit einem gefährlichen Irren zu tun hatte. Aber sollte sie deshalb schweigen? In Kauf nehmen, wie sich hunderte Menschen in Todesgefahr begeben, ohne davon das Geringste zu ahnen? Wollte sie zusehen, wie ganze Kindergruppen von einer Bombe in Stücke gerissen werden? Sie war so verzweifelt, wie noch nie in ihrem Leben. Unfähig aufzustehen oder das Büro zu verlassen.

„Aranka, was ist denn mit Dir los?", hörte sie wie aus einer anderen Welt ihre Chefin fragen.

Sie schaute auf, unfähig, ihr zu antworten.

„Hat sich Hofmaier wieder daneben benommen, oder was ist los?"

Mühsam riss sich die Angesprochene zusammen, stammelte eine Antwort heraus, nur um irgendetwas zu sagen.

„Nein, nein. Ich fühle mich nur schlecht, weil die letzten Monate sehr anstrengend waren. Es ist nur eine kleine Schwäche, die gleich vorbei ist. Bitte lassen Sie mich nur fünf Minuten sitzen, dann gehe ich wieder an die Arbeit."

Doch die Frau schüttelte den Kopf.

„Du gehst jetzt nach Hause und legst Dich ins Bett. Dann ruhst Du Dich aus – am besten du schläfst ein paar Stunden. Und wenn es Dir am Nachmittag nicht wirklich viel besser geht, dann gehst Du zum Arzt und lässt Dich krankschreiben."

„Aber wir haben doch heute soviel zu tun, da kann ich doch nicht einfach nach Hause gehen. Glauben Sie mir, in wenigen Minuten bin ich wieder auf dem Damm!"

„Aranka, ich glaube nur, was ich sehe. Keine Widerrede – Du gehst sofort nach Hause. Rufe mich Morgen früh an, dann sehen wir weiter."

„Aber, ich ..."

„Kein aber!", ihre Chefin ließ sich nicht umstimmen.

Aranka lief wie in Trance in den Umkleideraum und zog sich mit fahrigen Bewegungen um, froh darüber, von ihren Kolleginnen nicht gesehen zu werden.

Auf dem Weg nach Hause konnte sie ihre Anspannung und Verzweiflung nicht loswerden. Kraftlos stieg sie die Treppe zu ihrer Wohnung hinauf und schloss zitternd die Haustür auf.

Es war niemand zu Hause, vermutlich war ihre Mutter beim Einkaufen. Aranka warf ihre Tasche in eine Ecke und ließ sich auf ihr Bett fallen. Dann begann sie bitterlich zu weinen. Sie fühlte sich zwischen Todesangst und der Bedrohung hunderter Menschen hin- und hergerissen. Ihre Gedanken entwarfen bizarre Horrorszenarien von zerrissenen Toten und blutigen

Schwerverletzten, die sich in ihren Geist einbrannten. Es dauerte eine Weile, dann hörte sie, wie der Schlüssel im Schloss umgedreht wurde und die Tür aufging.

„Aranka, bist Du schon zu Hause?", fragte ihre Mutter in den Raum.

Die Angesprochene gab sich einen Ruck, richtete sich im Bett auf und setzte sich auf die Bettkante. Sie wollte nicht den Eindruck erwecken, völlig am Boden zerstört zu sein. Ihr fiel es schwer, ihrer Stimme Festigkeit zu verleihen.

„Ja, Mama. Frau Hartel hat mich nach Hause geschickt."

„Um Himmels willen! Hast Du etwas falsch gemacht? Oder schlecht gearbeitet?"

„Ich habe Dir schon ein paar Mal gesagt, Du sollst mich nicht immer als unfähig abstempeln, wenn mal etwas passiert!"

Ihre Mutter antwortete mit eisigem Schweigen, deshalb fuhr Aranka fort.

„Heute kam wieder dieser unangenehme Patient zur Behandlung, von dem ich Dir letztens erzählte. Dieser wohlbetuchte, übergriffige Kerl..."

Die Angesprochene wollte ihr ins Wort fallen, doch dann erkannte sie das glühende Feuer in den Augen ihrer Tochter, legte die Stirn in Falten und verschränkte die Arme vor der Brust.

„Ich habe mich nicht provozieren lassen, aber er verhielt sich auch weniger aufdringlich als bisher. Sein Ellbogengelenk sah furchtbar aus: angeschwollen und grün und blau. Es konnte nicht behandelt werden. Also stürmte er wieder genervt davon, was mir ganz recht war."

Ihre Mutter klang jetzt milder.

„Aber dafür kannst Du doch nichts."

„Nein, Mama. Das ist auch nicht das Problem. Viel schlimmer ist, das ich ohne zu wollen, ein Handygespräch von diesem Typen mitbekommen habe. Und, jetzt halte Dich fest: Dieser Verrückte plant einen Anschlag auf das Ruethenfest!"

Ihre Mutter schaute, als hätte ihre Tochter nicht mehr alle Sinne beieinander. Brauchte ein paar Sekunden, um das Gesagte zu verdauen.

„Also Aranka, Du hast immer wieder mal eigenartige Vorstellungen und Ideen. Dein Problem mit den Albträumen, die Du manchmal vor einer Katastrophe hast, in allen Ehren. Aber ein Terrorakt auf das Ruethenfest? Also, nein. Das glaubt Dir kein Mensch. Bist du Dir eigentlich im Klaren darüber, was du diesem Mann unterstellst? Auch wenn er tatsächlich ein Mistkerl ist?"

Aranka schwieg und ärgerte sich, überhaupt etwas erzählt zu haben. Sie konnte nichts beweisen, aber sie *wusste*, sie hat recht. Wenn sie sich in ihre Mutter hineinversetzte, dann konnte sie deren Haltung verstehen. Doch Hofmaiers Worte waren unmissverständlich, und sein Verhalten danach, zeigte, dass sie sich nicht geirrt hatte. Die junge Frau biss sich auf die Zunge.

„Wahrscheinlich habe ich etwas falsch verstanden, schließlich bin ich immer noch mehr Ungarin als Deutsche."

Ihre Mutter nickte beruhigt.

„Natürlich, Aranka. Ich bin wirklich sehr froh, wenn Du nicht auf deiner Ansicht beharrst. Du hast doch noch niemanden von deinem Irrtum erzählt?"

„Nein, das habe ich nicht. Ich bin mir schon im Klaren darüber, was es heißt, wenn ich zu jemandem sage: Du bist ein Terrorist!"

Aranka ließ sich wieder auf das Bett fallen und drehte ihrer Mutter den Rücken zu. Wieder kamen ihr die Tränen, die sie lautlos ins Kissen weinte, bis sie erschöpft einschlief.

Am nächsten Morgen stand Aranka auf, und verhielt sich, als wäre nichts gewesen. Sie machte sich zurecht, frühstückte und sprach kein Wort über das am Vortag Erlebte. Milan plapperte wie immer munter drauflos, und ihre Mutter war froh, weil sich Aranka so benahm, wie sonst auch.

Als sie in der Praxis ankam, rief sie ihrer Chefin ein kurzes „Alles okay – bin wieder da" entgegen und begann mit ihrer Arbeit. Ihre Kolleginnen schauten sie zunächst besorgt an, bemerkten aber nichts Auffälliges, deshalb gingen sie zu ihrer gewohnten Tätigkeit über.

Auch wenn der Alltag für Aranka weiterging, so fühle sie sich zwischen den Extremen, zur Polizei zu gehen, und der Angst vor Hofmaier, hin und hergerissen. Allmählich drängte sich auch die Frage auf, wie sie Milan beibringen sollte, dass der Gang auf das Fest ein Spiel mit dem Leben ist.

***

Hauptwachtmeister Frensen brachte einen jungen Mann in das Wachlokal, der so volltrunken war, dass er sich kaum auf den Beinen halten konnte. Ohne den festen Griff des Polizisten wäre er über seine eigenen Füße gestolpert.

„Raimund, was du da bringst, ist ein echtes Prachtexemplar!", begrüßte Oberkommissar Winkler seinen Kollegen.

„Das Bübchen hat sich vollgesoffen, nicht seine Zeche bezahlt und dann die Bedienung angegriffen. Vielleicht sollte der erst mal ausschlafen, danach werde ich seine Aussage aufschreiben und an das Gericht weiterleiten."

„Ja, so sollte es eigentlich laufen. Aber ich sage Dir, was passiert: Sobald er einigermaßen reden kann, ruft er seinen Papa an, der innerhalb einer halben Stunde mit seinem Anwalt hier ist. Dann darfst Du Dich mit der Frage beschäftigen, warum Du den armen, hilflosen Jungen so brutal hierher geschleppt hast. Dann geht das Bübchen mit seinem Vater nach Hause, ohne dass Du seine Aussage aufnehmen kannst. Denn erst muss dieser Vogel von seinem Anwalt gesagt bekommen, was er sagen soll und was nicht. Schließlich versinkt der Vorfall in der Unendlichkeit, und nichts passiert. Dieser junge Säufer ist der

Sohn von Dietmar Schenk, Landtagsabgeordneter und guter Freund vom Innenminister. Schick ihn nach Hause, wenn er wieder nüchtern ist".

Der Streifenpolizist wollte sich nicht so schnell geschlagen geben.

„Ich denke ja garnicht daran, der soll genauso behandelt werden, wie alle anderen auch. Nicht mit Samthandschuhen!"

Winkler nickte.

„Herr Kollege, Du hast völlig recht. Aber ich wollte Dir nur sagen, was passieren wird. Ich habe ihn schon dreimal festgenommen – und nicht wegen Kleinigkeiten. Also spreche ich aus Erfahrung. Aber Papi hat leider zu gute Verbindungen. Meinst Du, mir hat das gefallen?"

***

Aranka sprach mit niemandem über Hofmaiers Handygespräch. Aber ihr innerer Konflikt blieb, und sie hatte das Gefühl, eine Verantwortung tragen zu müssen, die sie völlig überforderte. Sie lag nachts lange wach, drehte sich im Bett unruhig von einer Seite auf die andere, und stand morgens auf, als hätte sie im Steinbruch geschuftet. Sie merkte, wie ihre Kräfte schwanden. Also entschloss sie sich, trotz aller Vorbehalte und Ängste, zur Polizei zu gehen.

Es war später Nachmittag, als Aranka die Klingel des Polizeireviers betätigte. Es meldete sich eine schnarrende, unnatürlich klingende Stimme:

„Ja, was möchten Sie?"

„Ich möchte eine wichtige, dringende Beobachtung melden."

Die Schnarrstimme klang genervt.

„Was für eine Beobachtung?"

„Soll ich meine Aussage hier auf der Straße machen?" Kam es patzig von Aranka zurück.

„Schon gut – kommen Sie herein."

Der Türsummer ertönte und gab die Tür frei. Dann ging sie in das Wachlokal und stand an dem langgezogenen Tresen für den Publikumsverkehr.

Der schon ältere Polizeibeamte musterte sie, so unauffällig, wie es ging.

„Also, was wollen Sie mitteilen", fragte er gelangweilt.

Aranka schluckte, suchte nach den richtigen Worten.

„Ich weiß nicht so recht, wie ich sagen soll."

Dieses furchtsame Verhalten war dem Polizisten aus dreißig Dienstjahren bestens bekannt, deshalb klang er jetzt versöhnlicher.

„Keine Angst, sprechen Sie so, wie Ihnen der Schnabel gewachsen ist. Ich werde schon verstehen, was Sie sagen möchten."

Sie atmete noch einmal tief durch.

„Ich habe ein Handygespräch mirtgehört – unbeabsichtigt."

Es folgte eine Pause. Aranka brauchte einen Moment, um ihr Anliegen vorzutragen.

„Und gemäß dem, was ich hörte, plant eine bestimmte Person einen Anschlag, vermutlich auf das anstehende Ruethenfest."

Der Beamte machte ein langes Gesicht, sah sie an, als wäre sie nicht ganz richtig im Kopf. Er wartete einen Moment, bevor er antwortete.

„Sie sind sich im Klaren darüber, was Sie da sagen?"

„Ja, selbstverständlich – was glauben Sie denn, weshalb ich gekommen bin?"

„Also, gute Frau ...!

„Ich bin nicht Ihre gute Frau, und bin auch nicht geisteskrank – wie Sie vielleicht meinen. Ich stamme zwar aus Ungarn, spreche und verstehe aber alles, was auf Deutsch gesagt wird, das können Sie mir glauben!".

„Sie haben anscheinend keine Ahnung, was für eine Lawine ich lostrete, wenn ich Ihren Quatsch polizeilich aufnehme! Ich habe keine Lust, mich wegen Ihnen lächerlich zu machen."

„Was sind Sie denn für ein Polizist?"

Ihr Temperament ging mit ihr durch.

„Ich möchte verhindern, dass unzählige Menschen zu Schaden kommen, und Sie interessiert nur, was man über Sie denken könnte? Soll ich Ihnen danach die Särge mit den toten Kindern vor ihre Haustür stellen?"

Dem Staatsdiener platzte der Kragen:

„Jetzt reicht's mir aber! Entweder Sie verschwinden augenblicklich, oder ich rufe den Notarzt und lasse Sie in die Psychiatrie einweisen! Sie brauchen ärztliche Hilfe!"

Das Geschrei blieb Anderen nicht verborgen. Im hinteren Teil des Wachlokals ging eine Tür auf, und ein jüngerer, zivil gekleideter Mann steckte seinen Kopf hinaus. Er war groß, hatte kurzgeschnittene, dunkle Haare. Sein Drei-Tage-Bart ließ ihn auf Aranka sexy wirken und er trug eine ausgewaschene Jeans, darüber ein weißes, T-Shirt mit roter „Ferrari"-Aufschrift. Seine Stimme hatte einen rauchigen Unterton und klang freundlich.

„Was ist den hier los, Gerhard? Was ist das für ein Geschrei?"

„Diese Tussie meint, sie hätte etwas davon gehört, dass es auf dem Ruethenfest einen Anschlag geben soll – ist völlig durchgeknallt."

„Ich bin weder Ihre gute Frau, noch irgendeine Tussie – das verbitte ich mir!"

Der jüngere Beamte zeigte ein versöhnliches Lächeln.

„Jetzt beruhigen Sie sich mal. Ich bin Oberkommissar Winkler. Und Sie heißen?"

„Mein Name ist Baton – Aranka Baton."

„Frau Baton, wir werden Ihre Aussage zu Protokoll nehmen und dann an das LKA in München weiterleiten. Dort wird man dann entscheiden, wie es weitergeht. Ist das für Sie in Ordnung?"

Aranka fiel ein Stein vom Herzen.

„Selbstverständlich."

Sie erzählte dem Oberkommissar alles, was sie gehört hatte und was sie wusste. Er schrieb ihre Aussage auf dem Computer mit. Sie sagte auch deutlich, dass Hofmaier seine Sexualität nicht im Griff zu haben schien. Da setzte der Polizist ein verständnisvolles Lächeln auf.

„Jetzt sein Sie mir nicht böse, aber bei einer so temperamentvollen, hübschen Frau wie Ihnen, ist es keine Überraschung, wenn jemand auf anzügliche Gedanken kommt." Jetzt musste Aranka lachen und ihre Augen strahlten.

„So, so. Sollte ich mich demnach in einer Burka verstecken, um nicht wie Freiwild angestarrt zu werden?"

„Oh, bitte nicht", gab er augenzwinkernd zurück.

Dann druckte er ihre Anzeige aus. Das Papier trug die Überschrift „Zur internen Weiterleitung an die übergeordnete Dienststelle (Landeskriminalamt)". Beruhigt setzte sie ihre Unterschrift darunter. Auch Winkler unterschrieb.

„So, Frau Baton. Das werden wir jetzt über sichere Leitungen nach München faxen. Mal sehen, ob die etwas damit anfangen können. Ich kann jetzt nicht mehr für Sie tun".

Dann ertönte ein Ruf aus einem der Nebenzimmer:

„Achtung, Überfall auf einen Geldtransporter! Ein Einsatz für die Kripo!"

Winkler sprang auf und ließ das unterschriebene Formular auf dem Tisch liegen. Er winkte Aranka noch kurz zu, dann verschwand er in dem rückwärtigen Zimmer. Nur wenig später wurden hinter dem Haus mehrere Autotüren zugeworfen und die Polizeiwagen stoben mit Blaulicht und Sirene davon.

Aranka verließ das Polizeirevier mit dem Gefühl, ihre Pflicht getan zu haben. Aber die Angst und Unruhe blieb.

Landsberg, 2016

Die Schutzbacher und der Chinesenkoch

Als Huber das üppig ausgestattete Büro der Kanzlei Münzinger verließ, fühlte er sich wie ein geprügelter Hund, gedemütigt und vom Schicksal bestraft. Seine sonst rosige Gesichtsfarbe war einer fahlen Blässe gewichen, die Schultern hingen schlaff und kraftlos herunter. Das lebhafte Treiben der Touristen und emsige Hin und Her der einkaufsfreudigen Münchner auf dem Marienplatz nahm er nur im Unterbewusstsein zur Kenntnis. Das alte Rathaus mit dem Brunnen davor, die Türme der Frauenkirche und den hochragenden Kirchturm des „Alten Peter", die hochragenden Fassaden der Einkaufshäuser. Das alles schien er nicht zu sehen, denn die ihn schwer belastenden Gedanken ließen keine Ablenkung zu. Süßer Duft von Makronen und gebrannten Mandeln kam bei ihm nur als Randnotiz an.

Er musste bei Münzinger mehr als 45 Minuten warten, bis sich die Tür in ein verrauchtes, aber mit teuren Möbeln ausgestattetes Büro öffnete. An den Wänden hingen moderne Bilder, mit denen er nichts anfangen konnte, die er aber aufgrund der Oberfläche des Gemalten, als Originale erkannte. Ein Herr Biller, also nur einer der vielen Angestellten Münzingers, setzte ihn mit nur wenigen Worten darüber in Kenntnis, dass er keinerlei Chance hatte, sich der

Verantwortung, seiner in den USA lebenden Tochter, zu entziehen.

Ja, er war im Jahre 1999 mit Freunden auf dem Münchner Oktoberfest.

Ja, er lernte dort eine farbige Amerikanerin kennen.

Ja, sie und er waren betrunken.

Ja, sie hatten sexuellen Verkehr miteinander.

Also, dann ist ja wohl alles klar, oder?

Aber wie konnte diese Frau nach 17 Jahren seine Spur aufnehmen? Huber konnte sich nicht mehr daran erinnern, aber er hatte ihr von seinem gut gehenden, erstklassigen Restaurant erzählt – und ihr eine Postkarte davon gezeigt, die er achtlos auf dem dreckigen, biergetränkten Tisch liegen ließ. Dieses Bild steckte die Amerikanerin zur Erinnerung ein und hob es bis zum heutigen Tag auf – als einziges Bindeglied zum Vater ihrer Tochter. Für einen engagierten Detektiv war es damit kein ernsthaftes Problem, die Spur bis nach Schutzbach zu verfolgen.

Entmutigt und kleinlaut fuhr Huber mit der Bahn zurück nach Kempten, wo ihn Bleimoser mit dem Auto vom Bahnhof abholte. Dort kam er seinem Freund gegenüber sofort zur Sache:

„Ich bin ein so damischer, blöder Geisbock, dass es mir vor mir selber graust!"

Bleimoser konnte es sich daraufhin nicht verkneifen, ihm in gewisser Weise recht zu geben.

„Das weiß ich schon länger. Aber Du wirst doch dieser Frau wohl nicht kampflos 45.000 Dollar in den Rachen schmeißen. Gut, Du hattest einmal deinen Spaß mit ihr – aber weißt Du, mit wem die sonst noch rumgemacht hat? Es war nicht sehr schlau von Dir, ihr zu erzählen, was für eine bedeutsame und wohlhabende Persönlichkeit Du bist. Aber wahrscheinlich ist sie zu dieser Zeit noch mit 25 anderen Bronx-Killern und nichtsnutzigen Gaunern im Bett gewesen."

„Ich bin auch sehr in Zweifel, ob es nach einem Mal wirklich zu einem Kind gekommen ist, oder ob die nur Geld braucht. Wahrscheinlich kennt die nur lauter obdachlose Hungerleider, und ich bin der Einzige, bei dem etwas zu holen ist …"

„Ja, Alois, es hilft nichts – Du musst nach New York, das ist der einzige Weg um wirklich die Wahrheit herauszufinden und Gerechtigkeit zu erfahren"!

„Aber das kostet ein Vermögen. Und wer soll das Geschäft solange übernehmen?"

„Wenn das nicht geht, dann musst Du auf jeden Fall zahlen! Bist Du tatsächlich der Vater, wird es nur unwesentlich teurer als es ohnehin schon ist. Kannst Du mit diesem Test nachweisen, dass Du sie nicht geschwängert hast – dann brauchst Du für New York vielleicht 3000 Euro, d.h. Du sparst 40.000 Dollarscheine."

„Du hast gut reden, darauf bin ich auch schon gekommen. Aber was meinst Du – was Alma dazu sagt? Erst einmal ist es mein Problem, ihr meinen Ausrutscher zu erklären, der 17 Jahre her ist und nun einmal passiert ist. Wahrscheinlich lässt sie mich in nächster Zeit im Lagerraum übernachten und schließt nachts die Schlafzimmertür ab."

„So ist es nun einmal, wenn einem im Rausch der Verstand in die Lederhose rutscht. Ich möchte wirklich nicht in Deiner Haut stecken. Zum Glück kann ich mich nicht daran erinnern, es irgendwann so wild getrieben zu haben …"

„Das konnte ich bis vor wenigen Tagen auch nicht, Du Schlaumeier!"

Endlich tauchte vor ihnen das Ortsschild von Schutzbach auf, und Huber stieg vor seinem Wirtshaus mit höchst unguten Gefühl aus dem Mercedes des Bürgermeisters.

Schweren Schrittes stieg der Sünder die wenigen Treppenstufen des Gasthauses hinauf. Er betrat den nach abgestandenem Bier, altem Pommes-Fett und Reinigungsmittel riechenden Schankraum, in dem seine Frau den alten, abgewetzten Holzboden mit Scheuertuch und Bürste bearbeitete. Sie blickte kurz auf, als ihr Mann hereinkam, schaute dann aber gleich wieder auf ihre Arbeit. Sie sah ihm sofort an, dass das Gespräch in der Münchner Kanzlei nichts Gutes gebracht haben konnte; er schaute ziemlich belämmert drein.

Huber trat hinter den Tresen, angelte sich aus dem Regal ein sauberes Glas, und füllte es an der Schankanlage mit schäumendem Bier. Dann setzte er sich mit einem tiefen Seufzer auf einen der liebgewonnenen, alten Stühle am Stammtisch.

Frau Huber strafte ihren Mann mit Verachtung, putzte und schrubbte noch heftiger.

Er hielt dieses Schweigen und die knisternde, angespannte Distanz zwischen ihnen nicht länger aus:

„Jetzt hör schon auf damit und hör mir mal zu."

„Red` halt", kam es spröde und zischend von ihr zurück.

„Ich muss nach Amerika. Auch der Münzinger hat gesagt, er kennt solche kriminellen, widerlichen Unterstellungen schon lange. Es gibt da drüben ganze Banden, die sich darauf spezialisiert haben, von ehrbaren Bürgern, meist Europäern, auf diese fiese Art und Weise, Geld zu erpressen. Die wissen ganz genau, was es heisst, wenn man ausländischen Männern solche Widerwärtigkeiten unterstellt. Ist eben die gut organisierte Mafia."

„Und warum musst du dann nach Amerika?", fauchte ihn seine Frau an, „bezahle nicht, und überlasse es der Polizei, die Dinge zu regeln. Zeige diesen Anwalt und die Frau hier an; dafür brauchst du nirgendwo hinfliegen."

„Aber das ist ja die Gemeinheit."

Huber fühlte sich wie ein ertappter, kleiner Schuljunge.

„In Amerika ist es so, dass der Angeklagte seine Unschuld beweisen muss, und nicht der Kläger die Schuld des Anderen. „Also muss ich dahin fliegen, um mit einem Vaterschaftstest die Wahrheit ans Licht kommen zu lassen."

Er atmete tief durch, das Schlimmste war nun gesagt. Alma putzte nervös weiter, überlegte kurz, bevor sie weitersprach.

„Ich weiß nicht mehr, was ich glauben soll. Nur, dass Du ein gewaltiger Halodri bist, den ich auf gar keinen Fall allein darüber fliegen lasse."

Sie ärgerte sich jetzt darüber, nicht mit nach München gefahren zu sein, schließlich hatte sie noch viele Fragen. Aber ihr Mann allein nach New York? Nur über ihre Leiche!

„Ah geh, weisst Du was es kostet, wir beide in Amerika?"

„Überlege Dir mal lieber, was es Dich kostet, wenn ich mich von Dir scheiden lasse."

Dieser Hieb saß, denn damit hatte sie ausgesprochen, was seine schlimmste Befürchtung war. Es war kaum zu glauben, was dieser Brief für schicksalhafte Wellen schlug.

Er blieb noch einige Zeit sitzen, und schaute ihr beim Saubermachen zu. Alma war eine gute, fleißige Frau, die seinen Fehltritt nicht verdiente. Traurig, und schweren Schrittes ging er die Treppe hinauf, die in das obere Stockwerk, ihren Wohnraum, führte. Er zog sich um in seine Kochkleidung und versuchte, auf andere Gedanken zu kommen. Aber es gelang ihm nicht. Er hatte Angst, in die USA zu fliegen. Nicht weil er noch nie in einem Flugzeug saß, sondern vor diesem fremden Land, dessen Sprache er nicht verstand, und nicht zuletzt wegen der Frage: Hatte er eine Tochter? Alma konnte keine Kinder kriegen und litt früher sehr darunter. Wieder dachte er mit schlechtem Gewissen an seine Frau.

Schließlich machte er sich auf den Weg zu seinem Arbeitsplatz, seinem „kleinen Himmelreich", wie er die Küche liebevoll nannte. Mit ihrem Fettgeruch, dem glitschigen Boden und den vielen Kochstellen, die den Raum auch im tiefen Winter stark aufheizten.

Bleimosers waren ebenfalls mir Hubers Pech beschäftigt. Aber aus anderen Gründen: Hier ging es um den baldigen Hochzeitstermin ihrer Tochter. Selbstverständlich sollte die große Feier in der „Glocke" stattfinden; der Nachmittag mit der Riesentorte und das abendliche Festessen waren sorgfältig geplant. Außerdem sollte es möglich sein, die Nacht mehr oder weniger durchzufeiern. Der Bürgermeister handelte mit Huber einen guten Preis aus, wozu hat man schließlich Freunde? Sollten die Hubers aber zu diesem Zeitpunkt in den USA sein, dann war es ungewiss, ob das Fest überhaupt stattfand, von den Mehrkosten, die ein anderes Wirtshaus nehmen würde, ganz abgesehen. Wie konnten er und Huber den Schutzbacher Bewohnern erklären, dass der Wirt und Freund des Bürgermeisters ausgerechnet zur Hochzeit von dessen einziger Tochter in Amerika unterwegs war? Die Frage war auch, was wussten die Leute bisher von Hubers Problem? Aber sie konnten sich noch so sehr den Kopf zerbrechen, es konnte keine

Lösung gefunden werden, ohne dass alle Beteiligten zusammenkamen.

Am Sonntagnachmittag setzten sich Hubers, Bleimosers, Josepha und Wilbert, sowie die treue Rosi an den Stammtisch. Draußen an der schweren Wirtshaustür prangte das Schild „Geschlossen".

Als Erstes setzt Huber seine altbewährte Kellnerin über das Wichtigste in Kenntnis:

„Rosi – wie lange bist Du jetzt eigentlich schon bei uns?"

Die Angesprochene runzelte die Stirn. Der Koch hatte einen Tonfall angeschlagen, den sie in dieser Art und Weise nicht von ihm kannte – schon gar nicht ihr gegenüber.

„Ich habe stundenweise angefangen, als Thomas auf die Welt kam und mich dessen Vater verließ. Ich hatte nicht mehr so viel Zeit für ihn, deshalb suchte er sich schnell eine Andere. Heuer wird der Junge neunzehn Jahre alt."

„Ja, ich hätte auch gedacht, es müßten so um die zwanzig Jahre sein. In all dieser Zeit warst Du immer zuverlässig und fleissig, sozusagen eine treue Seele. Alma und ich konnten Dir immer blind vertrauen und …"

Rosi wurde Hubers schwulstige Rede allmählich zu viel.

„Jetzt trag mal nicht so dick auf, ich mach' halt meine Arbeit".

„Nein, nein. Du machst nicht nur Deine Arbeit, Du bist mit Leib und Seele, und wenn nötig mit rechtem Verstand, dabei."

Rosi nahm einen großen Schluck aus ihrem Weißbierglas und fragte sich, was diese Lobrede zu bedeuten hatte.

„Rosi, Du hast sicher schon bemerkt, dass mir seit ein paar Tagen etwas im Kopf herumgeht und mich sehr beschäftigt. Ich habe ganz unerwartet einen Brief aus Amerika bekommen, in dem es um eine Familienangelegenheit geht, d.h. ich muss mit Alma umgehend nach New York fliegen".

Damit ließ er die Katze aus dem Sack. Die Bedienung wog den Kopf hin und her und versuchte abzuwägen, was Huber von ihr wollte.

Bleimoser schaltete sich ein:

„Alois braucht jemanden, der sein Geschäft vertretungsweise für einen kurzen Zeitraum in seinem Sinne weiterführt. Und es ist nun einmal so, dass dafür niemand geeigneter ist als Du. Die wichtigsten Stammgäste kennen Dich – und Du kannst mit diesen sturen Querköpfen umgehen. Niemand weiß so gut wie Du, wie hier der Hase läuft, zumal Dir Alois und Alma noch wichtige Dinge sagen und zeigen können".

Rosi schüttelte den Kopf, lehnte sich im Stuhl zurück und streckte ihre Arme weit von sich. Nein, was da von ihr erwartet wurde, war eine Hausnummer zu groß für sie. Was den Schank- und Bedienungsbetrieb betraf, da konnte man ihr nichts Neues sagen, aber die „Glocke" war keine einfache Dorfwirtschaft, die vor allem vom Bierverkauf und einigen dorfbekannten Zechern lebte, sondern auch ein angesehenes Speiselokal, das für seine feinen Wildgerichte weithin bekannt war.

Hubers Frau ahnte, was der Frau durch den Kopf ging:

„Du brauchst nicht alles ganz genau so machen, als wenn wir da wären. Wichtig ist, dass das Haus überhaupt geöffnet ist; vor allem wollen wir unsere Stammkunden nicht im Stich lassen. Die Leute wollen halt abends im Ort mit ihren Freunden und Bekannten zusammensitzen, ihr Weißbier trinken und über Gott und die Welt schimpfen. Die können auch durchaus damit leben, wenn es eine kurze Zeitlang kein ‚Hirschgoulasch Hubertus' zu essen gibt."

Jetzt ergriff auch Wilbert das Wort und sprach das heikle Thema „Hochzeit" an.

„Wir gehen alle davon aus, das Alois und Alma bis zu unserer Vermählung längst wieder aus Amerika zurück sind, sodass Du Dir deshalb keine Gedanken machen brauchst."

Für Rosi war das einfach eine Nummer zu groß.

„Was heißt keine Gedanken? Es muss so viel rechtzeitig vorbereitet werden, dass ich mich dann um nichts anderes kümmern kann. Ich weiß doch garnicht, was dafür im Vorfeld zu erledigen ist. Wisst ihr eigentlich, was Ihr da von mir verlangt?"

Nein, Rosi arbeitete wirklich gern in der „Glocke", aber diese Verantwortung wollte und konnte sie nicht tragen.

Jetzt war erst einmal Stille. Alma stand auf, ging noch einmal in die Küche und stellte wortlos eine Schwarzwälder Kirschtorte auf den Tisch. Alois unterstützte sie, brachte Kuchenteller und Gabeln.

Alma, wieder ganz die Gastgeberin, fragte, wer denn Kaffee möchte, und schaltete die Maschine an.

Nachdem alle ausgiebig den Kuchen lobten, kam Doris auf das Thema zurück.

„Rosi, es spricht für Dich, dass Du sofort erkennst, wo die Schwierigkeiten und Probleme liegen. Trotzdem glaube auch ich, dass es keine bessere Vertretung geben kann als Dich. Aber wie kann man Dich denn unterstützen, welche Hilfe benötigst du? Soll Alois noch jemanden einstellen, der Dir zur Hand gehen kann? Wenn du willst, dann engagiere Deine Schwester, die kann doch auch jeden Euro brauchen. Willst Du jemanden für die Küche, der die einfachen Schmankerl macht, wie Wurstsalat oder Kartoffelsalat mit Leberkäs? Sage was Du brauchst, und wir sehen was möglich ist."

Allmählich entstand für Rosi ein Bild, wie sie das Gasthaus für eine begrenzte Zeit über Wasser halten könnte.

„Ihr habt mich mit eurem Anliegen ganz schön überfallen. Ich brauche etwas Zeit, bevor ich endgültig ‚ja' oder ‚nein' sagen möchte."

Das Wichtigste war nun gesagt, und die Runde ging zum Dorfklatsch über. Rosi bekam zwei Tage Bedenkzeit.

***

Josepha und Wilbert waren keineswegs davon überzeugt, dass die Hubers rechtzeitig aus den USA zurück sein würden. Wahrscheinlich waren dort die Behörden flexibler und auch schneller im Treffen von Entscheidungen, aber hier ging es um etwas Grundsätzliches mit erheblicher Tragweite, also würde man auch dort sehr sorgfältig prüfen, ob Huber der Vater der jungen Frau ist, und vor allem, wie es zukünftig zu handhaben ist, sprich was zu zahlen ist. Und das würde nicht so schnell gehen, wie es sich Hubers vorstellten. Den angehenden Brautleuten blieb es deshalb nicht erspart, nach einem alternativen Ort für die Hochzeit zu suchen, und zwar so schnell wie möglich. So waren die nächsten Tage durch hektisches Suchen und Abwägen bestimmt. Telefongespräche, Besuche geeigneter Restaurants und das Einholen von Angeboten wechselten einander ab.

Die Hubers fuhren extra nach Kempten, um dort in einem Reisebüro ihren Flug in das „Land der unbegrenzten Möglichkeiten" zu buchen. Ein Schnäppchenpreis war nicht mehr zu bekommen, aber sie hatten keine Wahl, denn die Zeit drängte. Nun hatten sie noch zehn Tage, um zu entscheiden, was mit ihrem Gasthaus während ihrer Abwesenheit geschieht. Auch Rosis Entscheidung mussten sie noch abwarten.

Ansonsten ging in Schutzbach und dem Gasthaus „Zur Glocke" alles so weiter wie sonst auch. Die Bauern begannen die Jahreszeit zu nutzen, trieben ihr Milchvieh auf die Weiden und beobachteten sehr genau die trächtigen Kühe, ob wohl bald ein Kalb zu erwarten ist, was eine prächtige Einnahme bedeutete. Die Kinder holten ihre Fahrräder aus dem Keller und nutzten die Natur als einen schier unerschöpflichen Platz für große und kleine Abenteuer. Sie bauten im Wald geheimnisvolle Hütten und jagten Großwild wie Eichhörnchen oder an den Teichen Lurche und Frösche. Die Dorfjugend begann sich verstohlen nach den Mädels oder Jungs umzusehen, umgarnte sich gegenseitig, um kurz darauf zu signalisieren „Du bist doch nicht, was ich mir erträume". In den Gärten begannen die

Frauen damit, die Spuren des Winters zu beseitigen und Neues anzupflanzen, ob Schnittlauch oder Petersilie, Tulpen oder Stiefmütterchen für den Vorgarten.

Auch Bleimoser und seine Frau gingen ihren Alltagsgeschäften nach. Er bereitete sich auf die nächste Sitzung des Landkreises vor, bei der er nichts Konkretes vorzubringen hatte. Aber als Repräsentant von Schutzbach musste er in jedem Fall zugegen sein. Schließlich musste er auch wissen, welche neuen Verordnungen umzusetzen waren oder mir welchen Veränderungen zu rechnen war. Das war nicht unbedingt immer große Politik, betraf aber maßgeblich die einfachen Bürger, die ihm ihr Vertrauen schenkten. Er war gern Bürgermeister und wollte es auch bleiben. Zwar war er nur ehrenamtlicher Ortsvorstand – Schutzbach hatte nur 3000 Einwohner, aber er hatte keine Lust mehr, täglich im Gemischtwarenladen zu stehen, um auf Kundschaft zu warten. Es genügte, wenn das seine Frau tat. Außerdem gab es genügend Möglichkeiten, gewisse Verbindungen in bare Münze zu verwandeln.

Doris sprach so gut wie nie mit ihm über Dinge, die das gemeinsame Gemischtwarengeschäft betraf. Auf diese Art war es ihr möglich, so zu schalten und zu walten, wie sie es für richtig hielt. Der Laden war groß, und das musste er auch sein, denn das Angebot enthielt so ziemlich alles, was das dörfliche Leben erforderte. In einem der beiden Schaufenster gab es die

Haushaltsware: Scheren, Messer, Kochtöpfe und Bratpfannen, Kaffeemaschinen und Wasserkocher. Dazu kamen so wichtige Dinge wie Mausefallen, Hundehalsbänder und Werkzeuge wie Hämmer, Zangen und Sägen in jeder Größe und Ausführung. Das zweite Schaufenster bot mehr Abwechslung, hier wurden Schreibwaren, einige Spielzeuge, Strickwolle und derbe Arbeitskleidung ausgestellt. Im Laden selber setzte sich dieses Angebot fort, war sorgfältig in die Wandregale eingeräumt. Auf den ersten Blick mochte das alles chaotisch anmuten, aber Doris wusste ganz genau, wo was zu finden war. Auch der Ladentisch wirkte in dieser scheinbaren Unordnung aufgeräumt, doch das war der Tatsache geschuldet, dass ziemlich oft große Artikel darauf Platz finden mussten, denn hier wurde nicht nur gekauft, sondern Doris war auch Meisterin im Bestellen und „Besorgen".

Ihre Kundin behandelte Doris immer zuvorkommend und freundlich, wenn auch manchmal etwas bayrisch-direkt.

„Doris, ich hätte gern wieder drei karierte Briefblöcke, eine Schachtel Büroklammern und einen Packen kleine Briefumschläge. Die ohne Fenster."

„Kein Problem Magda, macht zusammen 8,70. Wie geht es Deiner Tante, ist sie wieder raus aus dem Krankenhaus?"

„Ja, hat die Lungenentzündung besser überstanden als erwartet. Sieht besser aus als der Huber, aber der soll ja einen geheimnisvollen Brief aus Amerika bekommen haben. Wahrscheinlich muss er eine gehörige Erbschaft antreten und weiß nicht, wo er mit dem vielen Geld hin soll. Vielleicht verkauft er dann die ,Glocke' und zieht in die Stadt."

„Keine Ahnung, aber ihm geht es sicher besser als Tobi und Erwin mit ihren überschuldeten Höfen, die wollten doch gegen den Beschluss des Gemeinderats klagen?"

„Schon, aber das war wohl nur so dahingesagt. Was meint denn Dein Mann dazu?"

„Auch der Bürgermeister braucht nicht alles zu wissen".

„Da hast Du sicher recht, also bis demnächst."

Magda verließ den Laden und Hans, ein Clubkamerad des Schützenvereins trat ein.

„Grüß Gott, Hans. Wie läuft es mit den Vorbereitungen für das Vereinsschießen am Wochenende?"

„Deshalb komme ich. Wir brauchen noch Scheiben, für Luftgewehr 1000 und für Luftpistole 1500. Ich habe eine Liste zusammengestellt, was Du noch mitbringen müsstest."

Rasch überflog sie das Papier.

„Na gut, ich werde sehen, was sich machen lässt. Drei Kilo Schwarzpulver? Es ist doch kein Schießen mit Vorderlader vorgesehen?"

„Brauch ich trotzdem, auch mein Bub möchte mal wieder mit der Rifle schießen".

„Siegbert ist erst zehn Jahre alt, aber mir soll es egal sein, schließlich sind wir auf dem Land"

„Schon richtig, aber auf jeden Fall trifft er besser als Dein Mann oder der Glockenwirt. Seitdem er diesen Brief bekommen hat, kann man seinen Wurstsalat nicht mehr essen. Was stand denn nun eigentlich da drin?"

„Jedenfalls nichts Angenehmes. Mehr weiß ich auch nicht, war ja in Englisch geschrieben. Stimmt es, dass der Senn-Bauer seinen Hofhund totgefahren hat?"

„Ja, sagen doch alle, dass er schon lange zu alt ist, um auch nur Traktor zu fahren. Das arme Tier soll noch gelebt haben, und erst sein Sohn kam eine Stunde später und befreite den Bernhardiner von seinem Leiden und erschoss ihn".

Gegen 17:00 Uhr betrat Rosi den Laden, sie wirkte nicht mehr nachdenklich, ganz im Gegenteil.

„Grüß Gott, Doris. Ich brauche einen gescheiten Fleckenentferner – mein Herr Sohn musste sich unbedingt Rotwein auf sein bestes Hemd schütten.“

„Kein Problem, Rosi. Ich hab´ da was im Regal für Dich stehen. Nennt sich ‚Teufelsbraten‘, macht jeden Fleck wieder weg, greift aber leider auch das Gewebe an. Na ja, alles ohne Nachteile gibt es nun mal nicht.“

„Ja sicher, wenn das Hemd zu sehr versaut ist, kommt es eben in die Altkleidersammlung, und die machen dann daraus Putzwolle ...“

„Trotzdem besser als nur wegwerfen.“

Doris sah Rosi an, dass sie noch etwas ganz Anderes wollte.

„Also, was ich noch sagen wollte – ich mache das mit der ‚Glocke‘. Aber nur, wenn ich die richtige Unterstützung bekomme“.

Rosi forschte in Doris` Gesicht nach deren Meinung, doch die ließ sich nicht in die Karten schauen. Sie ließ Rosi einfach weiterreden.

„Wenn ich die ganze Verantwortung tragen soll, dann brauche ich zwei fest angestellte Bedienungen, die das auch wirklich im Griff haben. Und ich brauche einen geschickten Koch. Einen der mehr kann als Leberkäs braten und Pommes in die Friteuse schmeißen. Also einen richtigen, der Menüs zaubern kann, und weiß was er tut. Ich selber habe dann damit zu tun, den Laden am Leben zu halten."

„Ja, genau. Sage dem Glockenwirt unter welchen Bedingungen Du arbeiten willst. Aber was soll das mit dem Koch - die Leute werden doch wohl auch eine Zeit lang ohne Wildgerichte auskommen."

„Ich möchte die ‚Glocke' nicht zur Imbissbude verkommen lassen."

Doris sah das Glitzern in Doris' Augen und war sich sicher, dass das nicht der einzige Grund sein konnte. Doch sie mochte Rosi, kannte sie schon lange als anständige, fleißige Frau, die in ihrem Leben nicht viel Glück hatte. Wenn sie nun eine Chance sah, sich zu verbessern, dann würde Doris sie unterstützen.

Rosi spürte, dass Doris dabei war sie zu durchschauen, doch als deren Gesicht ein breites Lächen zeigte, war es so, als wären sie Verbündete geworden.

***

Lichen Yin ging durch den Bereich der Zollabfertigung. Vorbei an gelangweilten Beamten, die in ihren grünen Uniformen nur äußerlich wie Autoritäten wirkten. Er lächelte ihnen sein schönstes Chinesenlächeln entgegen und lief freundlich nickend an ihnen vorbei. Froh darüber, dass niemand in seinen Trolly schauen wollte, oder danach fragte, warum er nur mit leichtem Gepäck unterwegs war. Schließlich sah er sich der Menschenmenge gegenüber, die die soeben aus New York angekommenen Passagiere in sich aufsaugte. Er schaute in die Runde, konnte aber kein bekanntes Gesicht entdecken. Erst als er sah, wie eine dünne, einfach gekleidete Frau auf sich aufmerksam machte, erkannte er nach längerem Zögern seine Tante. Sie kam mit ernstem Gesichtsausdruck auf ihn zu und streckte ihm zögerlich die Hand entgegen. Er ergriff und drückte sie. Ihm schien es als gutes Zeichen, dass sie kein heuchlerisches, breites Grinsen zeigte. Er wusste, dass auch sie keine einfache Zeit hinter sich hatte, und damit keinen Grund, ihm eine heile Welt vorzugaukeln.

„Lichen Yin?", fragte die dünne Frau.

Er nickte. Jetzt zeigten beide ein scheues, vertrautes Lächeln.

Sie wollte schon dazu ansetzen, ihm zu sagen, wie groß er geworden sei, und wie gut er aussähe, doch sie erkannte sofort, wie unangebracht diese Art des Empfangs wäre. Weil keiner so richtig wusste, was er sagen sollte, gingen sie schweigend nebeneinander her.

„Du hast wenig Gepäck. Möchtest du gleich mit zum Parkplatz kommen, oder lieber hier warten?"

Eigentlich war das Lichen egal.

„Wo steht denn dein Auto?"

„Wir müssen auf die untere Ebene, zum Kurzparker-Parkplatz."

„Das ist schon okay, vielleicht kann ich auf dem Weg dahin noch ein paar Dollar in Euros umtauschen".

Seine Sprache zeigte deutlich, dass er längere Zeit kein Deutsch gesprochen hatte, aber die Wortwahl und Grammatik war völlig in Ordnung.

Lichen bezahlte die üppige Parkplatzgebühr, dann setzten sie sich in den alten Golf, in dem er sich überhaupt nicht wohl fühlte. Er fand das Auto nicht nur klein, sondern auch altersschwach, und suchte nach dem deutschen Wort dafür. Es dauerte eine Weile, dann fiel es ihm wieder ein: Schrottkarre.

Auf dem Weg in die Stadt drängte Lichen seine Tante dazu, etwas essen zu gehen. Also fuhren sie bei McDonald vorbei, und der Chinese freute sich über etwas Vertrautes.

Die die Wohnung seiner Tante war eng und klein, trotzdem bekam er ein Zimmer zugewiesen, in dem er für sich sein konnte.

Die nächsten Tage brauchte er dazu, um sich in seiner neuen, wenn auch nicht völlig unbekannten Umgebung, zurechtzufinden. Nach längerer Suche fand er eine Bank, über die er auf sein Geld zugreifen konnte, mietete sich einen ordentlichen BMW, und begann sofort, nach einer Arbeit zu suchen. Die Kontakte, die sein Onkel für ihn zu knüpfen versucht hatte, erwiesen sich alle als unzuverlässig, deshalb musste er auf eigene Faust auf Arbeitssuche gehen. Die Unterstützung seiner Tante beschränkte sich darauf, ihm täglich eine Tageszeitung mitzubringen, sodass er die Stellenanzeigen studieren konnte.

München hatte sich verändert. Einerseits war in 10 Jahren viel gebaut oder verändert worden, andererseits hatte sich aber auch Lichen verändert. Der erwachsene Mann hatte eine andere Sichtweise als der Jugendliche. Er fuhr einige Male kreuz und quer durch die Stadt und ärgerte sich wie alle anderen Autofahrer über Baustellen und lange Staus zur Rush-hour. Er schlenderte über die Fußgängerzone, den Marienplatz oder den Stachus und legte sich vor allem neue Kleidung zu. Dabei kehrten seine alten Deutschkenntnisse zurück, die immer bayerischer klangen. Das kam ihm sehr zugute, wenn er sich telefonisch bei potenziellen Arbeitgebern meldete.

Der Kontakt zu seiner Tante blieb freundlich, war aber nicht wirklich herzlich. Keiner machte dem Anderen Vorwürfe wegen der Vergangenheit, aber auch wenn sie nicht angesprochen wurde, so war sie in ihren Köpfen doch nicht zu löschen. Das

Einzige, was ihnen gemeinsam Freude machte, war das gemeinsame Kochen. Seine Tante war kein Profi, aber doch eine ordentliche Hausfrau, und so führte sie ihn in die bayerische Küche ein: mit Semmelknödeln, Rahm-Schwammerl und Schweinshaxe mit Krautsalat. Lichen war ein guter Schüler und saugte dieses heimatliche Wissen auf wie ein Schwamm. Auch Sie spürte, dass er eine solide Kochausbildung absolvierte, und nahm sich von ihm Vielerlei an. Beide hatten ihren Spaß dabei und begegneten sich hier auf einer gemeinsamen, neutralen Ebene. Trotzdem vermisste Lichen seine persönliche Freiheit und hatte das Gefühl, sich nicht völlig frei bewegen zu können und auf seine Tante angewiesen zu sein.

***

Am späten Nachmittag klingelte in der „Glocke" das Telefon und die Wirtin meldete sich. Auf das unter Druck von Rosi aufgegebene Inserat „Vertretungskoch" gesucht, hatten sich bisher nur zwei Interessenten gemeldet: Einer von Ihnen wollte das Wirtshaus in eine Pizzeria verwandeln, der andere nannte als Referenz, dass er über langjährige Berufserfahrung mit seinem fahrbaren Hendl-Stand verfügte. Allein die Tatsache, dass Schutzbach nicht einmal im ADAC-Straßenatlas zu finden war, schreckte geeignete Bewerber ab.

In der Annahme, es wäre ein bekannter Teilnehmer am Telefon, schnauzte Alma nur ein kurzes „ja" in den Apparat. Doch zu ihrer Überraschung meldete sich eine sympathische, dynamisch klingende Stimme:

„Grüß Gott, ich möchte mich über die von ihnen ausgeschriebene Stelle als Koch informieren. Oder ist sie schon vergeben?"

Alma war überrascht.

„Kurz gesagt, die Stelle ist noch frei. Aber unter der Vielzahl der Bewerber sicherlich nicht mehr lange. Haben Sie denn eine angemessene Ausbildung zum Koch mit entsprechender Erfahrung – Sie hören sich sehr jung an?"

„Aber selbstverständlich, ich habe sogar exzellente Zeugnisse, die ich Ihnen gern vorlegen kann."

„Also gut", unterbrach sie ihn, „Aber was auf dem Papier steht ist bekanntlich eine Sache. Wie jemand in einem so guten Haus wie dem unseren zurechtkommt, eine andere."

Lichen merkte schnell, dass er mit einem einfachen Gemüt sprach, aber was andere abschreckte – der Ort – schien für ihn und seine Zwecke genau richtig.

„Da haben Sie sicher recht, aber wo ich herkomme, wird zunächst jedem eine Chance eingeräumt, noch bevor über Anstellungstermin und Gehalt gesprochen wird."

Damit hatte er genau das angesprochen, was auch für Hubers sehr wichtig war. Vor allem der Termin brannte ihnen unter den Nägeln.

„Na gut, ich merke schon, Sie sind wirklich interessiert. Wann könnten Sie denn anfangen?"

Lichen lag schon auf der Zunge „sofort" zu sagen, verkniff sich das aber und antwortete:

„Ich denke zeitnah, so ganz ad hoc geht es natürlich nicht."

„Also innerhalb der nächsten zwei Wochen".

„Zeitnah heißt innerhalb der nächsten vier Wochen."

Er spürte, seine Gesprächspartnerin stand unter Zeitdruck, wollte ihr aber deutlich machen, dass er nicht gewillt war, nach ihrer Pfeife zu tanzen.

Nun blieb es einige Augenblicke still zwischen ihnen. Fieberhaft überlegte Frau Huber, was zu tun war. Dieser Mann machte auf sie einen sehr guten Eindruck, die Art wie er sich ausdrückte, wirkte ruhig und besonnen, aber auch kompetent.

„Also gut, wir haben zwar schon einige vielversprechende Bewerber, aber ich bin gewillt, Ihnen eine Chance zu geben. Allerdings muss ich erst einmal mit meinem Mann darüber sprechen."

Über Lichens Gesicht huschte ein Lächeln, denn er wusste, es war nicht er, der am Angelhaken hing.

„Selbstverständlich. Gar kein Problem."

Die Wirtin wirkte unsicher. Dieser Koch würde nicht einfach einen Vertrag unterschreiben, sondern sich die „Glocke" ganz genau ansehen, zumal er vermutlich keine kurzzeitige Anstellung suchte. Ein Probearbeiten kostete wertvolle Zeit, die die Hubers nicht hatten.

„Also gut, dann rufen Sie mich doch bitte in den nächsten Tagen noch einmal an. Wie ist denn ihr Name?"

„Ich heiße Lichen Yin, wohne z. Zt. in München."

„Gut Herr Lichellin, bis demnächst".

Frau Huber legte auf und begann zu rechnen: Es waren noch 16 Tage bis zum Abflug nach Amerika, es würde mindestens zwei Tage dauern, bis sich dieser Koch meldet, Termin nach frühestens drei Tagen, bis zum Probearbeiten nochmals 3 Tage, dann 2 Probetage, dann nochmal drei Tage bis der Vertrag unterschrieben ist. Macht alles in allem dreizehn Tage! Ihr wurde schlagartig klar, dass sie diesen Koch würde einstellen müssen, eine Alternative war nicht in Sicht. Und ohne Küchenchef würde Rosi die Vertretung nicht übernehmen. Dann müssten die Hubers ihr Restaurant tatsächlich für unbestimmte Zeit schließen. Das wäre auf den ersten Blick kein großes Problem, aber sie würden damit ihre Stammkundschaft zwingen, sich ein anderes Lokal zu suchen, das möglicherweise billiger oder besser wäre. Und da Hubers sich niemals darum bemühen mussten, ihren Gästen gegenüber besonders wohlwollend zu sein, konnte es nach ihrer Rückkehr ein böses Erwachen geben. Immer sich darauf verlassen, dass es im Ort nur ein Wirtshaus gab, war auf Dauer ein dünnes Eis.

**

Wilbert schlug die Decke auf die Seite und ließ damit Luft an seinen und Josephas nackten, verschwitzten Körper. Sie freuten sich auf ihre Hochzeit mit 80 geladenen Gästen. Wenn da nur nicht dieses Problem mit der „Glocke" wäre. Sie hatten sich inzwischen diverse, geeignet erscheinende Restaurants in der Umgebung angeschaut, und sich nach den Modalitäten erkundigt. Zwei davon hielten sie für geeignet, obwohl sie um ein Vielfaches teurer waren. Allerdings müssten die Brautleute den Anbietern umgehend zusagen, dass das gesamte Fest bei ihnen stattfindet, denn es ließ sich nachvollziehen, dass sie einen gewissen Vorlauf brauchten.

„Josepha, wir müssen jetzt zu einer Entscheidung kommen, ganz egal, was Deine Eltern dazu sagen."

Wilbert klang genervt und eindringlich.

„Das hört sich so einfach an – aber wer bezahlt denn den größten Teil der Feier? Doch wohl meine Eltern. Deine tun wirklich was sie können, aber das Meiste wird nun einmal von meinem Vater beigesteuert."

„Das ist ja gut und schön, dass Dein Vater der Freund vom Wirt ist, aber er klebt geradezu gutgläubig an der ‚Glocke', die möglicherweise nicht mehr anbieten kann als Brotzeit und Wiener Würstchen mit Kartoffelsalat. Soll das unser Hochzeits-Menue sein?"

„Nein, natürlich nicht. Aber mein Vater ist sich sicher, dass die Hubers nur wenige Tage weg sind. Was sollen sie dort auch länger; sie sprechen dort mit dem Anwalt, der lässt den Test machen, und am nächsten Tag fliegen sie wieder nach Hause."

„Und wenn nicht, dann feiern wir mit Wurstsemmel und Butterbrezeln."

Josepha hatte bei der ganzen Sache kein gutes Gefühl, vertraute aber ihrem Vater, der sie zum wiederholten Mal davon überzeugte, dass die Feier genau wie geplant stattfinden würde. Was den guten Ruf als Bürgermeister betraf, so stand auch für ihn einiges auf dem Spiel, und er konnte es sich nicht leisten, die Hochzeit seiner Tochter in einer peinlichen Katastrophe enden zu lassen.

Sie konnten es drehen und wenden wie sie wollten, die Situation blieb vertrackt; dabei lief ihnen allmählich die Zeit davon. Es war aber auch zu blöd, dass Hubers ausgerechnet jetzt wegmussten, und sich kaum eine Alternative aufzeigte. Die Wirtsleute suchten eine geeignete Vertretung, aber dabei konnte es nur darum gehen, dauerhaften Schaden abzuwenden. Ein Vertretungskoch konnte ihr Problem nicht lösen. Alois Huber blieb nichts anderes übrig, als sich der Meinung seiner Frau anzuschließen. Ein Koch musste her, der nicht zu gut ist, aber den Laden in ihrer Abwesenheit über Wasser hält.

***

Rosi blieb nicht untätig, sondern stellte ihre Mannschaft zusammen. Sie selber fungierte als Gesamtchefin, ihre Schwester Anette sollte sich mit zwei fest angestellten Bedienungen um den Service kümmern. Dazu kam der gesuchte Koch, dem ebenfalls zwei Beiköche zur Seite stehen sollten. Die Bedienungen und Beiköche rekrutierte sie aus der Menge der jungen Schutzbacher, die sich neben der Schule oder Ausbildung etwas dazu verdienen wollten. Was den Küchenchef betraf, so hatte sie sich bei der Einstellung ein Mitspracherecht gesichert, denn sie wollte nicht „Irgendeinen", sondern jemanden, der sein Handwerk verstand. Alma erzählte ihr von Lichen Yin, wie sie sagte „Herrn Lichelling". Rosi war skeptisch, aber offen genug, sich diesen Koch anzusehen. Inzwischen freute sie sich auf ihre Aufgabe, blieb aber bei ihrer Linie: kein Küchenchef – keine Vertretung!

***

Zwei Tage nach ihrem ersten Gespräch meldete sich der Chinese verabredungsgemäß. Es wurde ein kurzes Gespräch, in dem verabredet wurde, dass Lichen zum Probearbeiten kommen sollte. Termin: der nächste Tag.

Lichen stand an diesem Freitag wie immer gegen 09:00 Uhr auf. Es gab keinen Grund, das Bett früher zu verlassen, aber auch keinen, länger liegen zu bleiben. Seine Tante hatte das Haus schon verlassen, schließlich ging sie ihrer ungeliebten Tätigkeit als Büroangestellten nach. Er machte sich ein kleines Frühstück im amerikanischen Stil mit Toast, Erdnussbutter und Maxwellkaffee; denn er tat sich in einigen, bayerischen Gepflogenheiten noch ziemlich schwer. Seinen Reisetrolly hatte er schon am Vorabend gepackt, es war vor allem weiße Arbeitskleidung, die er sich schon vor einigen Tagen in einem Fachgeschäft gekauft hatte. In einem mittelgroßen Koffer war sein restliches Habe und Gut verstaut, dass sich seit der Landung auf dem Flughafen vergrößerte. Als Reisekleidung entschied er sich für eine lässige Variante aus dunkelblauen

Jeans, weißem T-Shirt und halbhohen Turnschuhen. Dann schaute er sich zur Vorsicht noch einmal die Strecke nach Kempten im Autoatlas an, bevor er die von Alma genannte Adresse in das Navi eintippte. Nachdenklich stieg er die Treppen hinunter. Ein bisschen hatte er das Gefühl, seine Tante mit ihren Alltagssorgen im Stich zu lassen.

 Er war nun seit drei Wochen in München, hatte erlebt, wie sie sich recht einsam durch ihr freudloses Leben wurstelte. Den eigenen Kindern war sie egal, einen neuen Partner zu finden, war schwierig. Noch gestern Abend saßen sie bei einer Flasche guten Chianti lange auf dem Balkon:

„Lichen, ich hoffe Du findest auf dem Land, in diesem kleinen Wirtshaus, dass was Du brauchst. Ich weiß nicht, warum Du nach Bayern zurückgekommen bist, aber ich werde nicht danach fragen. Du wirst schon wissen was du tust."

Sie sah ihm offen und ehrlich in die Augen, und er erkannte darin, dass sie sich Sorgen um ihn machte.

„Tante Vera, ich brauch Dir nicht zu sagen, dass das Leben manchmal Dinge mit sich bringt, die wir nur schwer begreifen. Manchmal große Ungerechtigkeiten, dann auch wieder Glück im Unglück. Ich bin Dir jedenfalls sehr dankbar, dass ich hier bei Dir sein konnte, und Du mir damit das Ankommen in München sehr erleichterst hast."

„Ich habe eben etwas bei Dir – oder Deinen Eltern – gutzumachen. Außerdem scheint es so, als würden wir uns ganz gut vertragen, und das ist in unserer Familie wohl nicht oft zu finden". Als sie das sagte, erschien sie ihrem Neffen müde und abgespannt, auch sie war vom Leben alles andere als verwöhnt worden.

Lichen Yin nickte, schaute einen Moment gedankenverloren nach unten und fühlte mit ihr.

„Lassen wir die Vergangenheit ruhen, was geschehen ist, ist geschehen. Ich weiß auch nicht, was das Schicksal mit mir vorhat. Aber ich nehme mein Leben so gut es geht in die eigenen Hände, alles Andere wird sich finden."

Danach saßen sie noch eine Weile schweigend beieinander und jeder hing seinen eigenen Gedanken nach, danach tranken sie ihre Gläser aus und gingen zu Bett.

„Mach´s gut Lichen Yin – und lass von Dir hören …"

Das abends Gesagte ging ihm noch eine ganze Weile durch den Kopf, und er erlaubte es sich, im Bett, ganz still und für sich, ein paar Tränen zu vergießen.

Auf der Straße schloss er sein neues Auto – einen gebrauchten Toyota – auf, lud sein Gepäck ein und startete sein Navi. Er quälte sich durch den dichten Stadtverkehr und freute sich, als er auf der Autobahn Richtung Lindau mal schneller fahren konnte, als auf den amerikanischen Straßen. Bei der Abfahrt Kaufbeuren verließ er die schnelle Straße und vor ihm wurde das ganze Alpenpanorama sichtbar, dass sich immer deutlicher abzeichnete, je näher er seinem Ziel kam.

Lichen Yin war darauf eingestellt, dass Schutzbach ein kleiner Ort sein würde, aber „sooo klein", erwartete er es dann doch nicht. Es schien ihm wie die Ansammlung einiger weniger Bauernhöfe, und im Grunde war diese Gemeinde auch nichts Anderes. Da die kurvige, enge Zufahrtsstraße unmittelbar in die Hauptstraße überging, konnte er auch das Gasthaus „Zur Glocke" nicht verfehlen. Doch da er sich einer gewissen Enttäuschung nicht erwehren konnte, fuhr er zunächst daran vorbei und stellte sein Auto ein Stück dahinter, in einer Seitenstraße, ab. Er brauchte ein paar Minuten zum Nachdenken. Was sich nach den Beschreibungen und der Anzeige in der Zeitung als „gutes Restaurant" darstellte, war schon von außen als Dorfkneipe erkennbar, auch wenn der Zusatz „Wildspezialitäten" etwas anderes glaubend machen wollte.

 Gemessenen Schrittes erklomm Lichen Yin die sieben Stufen, die in das Wirtshaus führten, und ging durch die Eingangstür in den kleinen Vorraum, der hinter einem dicken Vorhang schließlich in die Schankstube führte. Entschlossen schob er den Raumteiler auf die Seite. Sein Blick machte die Runde und er verschaffte sich einen Überblick. Ja, es war auf den ersten Blick eine Bauernschänke, mit langem Tresen und einfachen Holztischen und Stühlen. Von der Tür aus konnte er nur erahnen, dass sich an den einfach gehaltenen Kneipenteil ein weiterer, größerer Raum anschloss, der als Restaurantteil etwas besser ausgestattet war, als der vordere Bereich. Sein Blick erfasste zunächst die um diese Zeit wenigen, ihr Bier trinkenden Stammgäste. Dann erkannte er hinter dem Tresen eine mollige Frau, die mit kräftigen Händen Biergläser trockenwischte. Er blieb unentschlossen da stehen, wo er war, sodass Alma das Wort an ihn richtete:

„Grüß Gott, kann ich ihnen weiterhelfen"?

Da sie alles andere als einen Chinesen als Gast erwartete, nahm sie an, er wäre einer der häufigen Touristen, die nach Füssen wollten, um das Märchenschloss Neuschwanstein zu besuchen, sich aber verfahren haben.

„Mein Name ist Lichen Yin, wenn sie Frau Huber sind, dann haben wir um 14 Uhr einen Termin".

Fast hätte sie den schweren Bierkrug fallengelassen, sie zuckte zusammen, als hätte sie der Blitz getroffen. Nein, das konnte nicht wahr sein, Herr Lichelling, die große Hoffnung, der Retter ihres Gasthauses, hatte kurzes schwarzes Haar, lächelte wie ein

Honigkuchenpferd und hatte schmale Schlitzaugen – war unverkennbar ein *Chinese*. Zunächst fehlten ihr die Worte, sie konnte nur kurz mit dem Kopf nicken, dann quälte sie sich ein Lächeln ab und antwortet ihm zögerlich:

„Herzlich willkommen in der Glocke. Wie Sie sehen habe ich noch zu tun, und wir schließen erst in zwei Stunden. Deshalb müssen Sie sich noch etwas gedulden, bis wir unser Gespräch führen können. Aber vielleicht möchten Sie nach der langen Fahrt etwas essen oder trinken?"

„Ja danke, ich könnte einen starken Kaffee gebrauchen."

Alma konnte jetzt wieder freundlich sein:

„Dann setzen Sie sich doch ins Restaurant rüber, Rosi bringt Ihnen dann den Kaffee".

Rosi war die Ankunft Lichens nicht entgangen, sie wusste noch nicht was, ihr an ihm gefiel, aber es war zunächst gut, dass er überhaupt kam. Er wirkte auf sie selbstbewusst und freundlich, und sie setzte große Hoffnungen in ihn.

Lichen trank seinen Kaffee, schaute sich im Restaurant um und ließ sich nicht anmerken, was ihm durch den Kopf ging. Danach führte ihn Rosi in eines der alten Gästezimmer, dass eigens für ihn reaktiviert worden war.

Währenddessen führten Alma und Alois in der Küche eine hitzige Debatte. Der Glockenwirt konnte es nicht fassen:

„Ein Chinese! Sollen wir jetzt gebackenen Hund in unsere Speisekarte aufnehmen? Nein, mit mir nicht! Den kannst du gleich wieder zurück nach Shanghai schicken, sowas brauchen wir hier nicht!"

„Das sehe ich genauso. Doch ausgerechnet heute macht Rosi die Bedienung, und die hat nun mitbekommen, dass Lilling hier ist und besteht darauf, bei allen Eistellungsgesprächen dabei zu sein. So langsam führt sie sich auf, als würde ihr die Glocke gehören."

„Also gut, dann müssen wir eben zumachen, solange wir in Amerika sind; dann brauchen wir auch keine Rosi".

Lichen Yin döste im Zimmer vor sich hin. Was hätte er auch in dieser Zeit großartig machen können? Dann ging er pünktlich um 14.00 Uhr wieder hinunter in die Gaststube. Alma und Alois Huber beendeten das Aufräumen und Saubermachen, nachdem sie zugesperrt hatten. Rosi wartete bereits an einem Tisch auf die anderen Gesprächspartner und winkte Lichen freundlich zu sich heran. Ohne ein Wort zu sagen, aber hellwach und aufmerksam, setzte er sich zu ihr, nahm eines der auf dem Tisch stehenden Gläser und goss sich Mineralwasser ein. Er nippte daran, und setzte ein ausdruckloses Pokergesicht auf.

Schließlich setzten sich Hubers zu ihnen, und Alois stellte sich vor.

„Gott zum Gruß, Herr Lilling. Ich bin der Huber Alois, also möglicherweise Ihr neuer Chef".

Landsberg, 2015

Die Kindergeschichten

Knuddel und die gestohlene Sonne

Der Wind trieb die Regentropfen gegen das Fenster, die dann langsam auf dem Glas nach unten flossen. Genauso fielen aus Knuddels Augen Tränen heraus, die ihm über die Wangen liefen und dann zu Boden tropften. Es regnete seit Tagen, und die dunklen Wolken tauchten die Welt in graues, ödes Licht. Es waren Ferien, aber es hätte genau so gut Schulzeit sein können, denn immer nur drinnen sitzen zu müssen war schon eine Qual. Da half auch keine noch so gut gefüllte Spielzeugkiste, und seine Freunde waren genauso traurig.

Am Nachmittag kam Knuddels Freund Stachelspitz vorbei, aber auch der Igel litt unter dem ständigen Regen. So dauerte es nicht lange und sie legten Auto und Eisenbahn zur Seite und überlegten, was man bei solchem Wetter tun könnte: Sie fanden aber nichts Spannendes und Stachelspitz ging bald wieder nach Hause.

Knuddels Eltern hätten sich auch anderes Wetter gewünscht, sie hatten aber mit ihrer täglichen Arbeit zu tun. Mutter Bär seufzte verständnisvoll, als sie merkte, dass ihr Sohn auch sein Lieblingsessen – Pfannkuchen mit Honig – kaum anrührte.

So verging dieser Nachmittag nur langsam.

Irgendwann war es Zeit zu Bett zu gehen. Knuddel wusch sich, zog seinen Schlafanzug an und gab seiner Mutter einen dicken Kuss. Er legte sich ins Bett und schlief mit dem Gedanken ein, dass auch der schlimmste Regen einmal aufhören musste.

Es war tiefste Nacht und ganz dunkel, als Knuddel wach wurde. Da klopfte doch jemand gegen sein Fenster, und manchmal fiel ein sehr helles Licht in sein Zimmer. Im ersten Moment glaubte er zu träumen, war dann aber hellwach. Verwundert ging er ans Fenster und öffnete es. Auf seinem Fensterbrett hüpfte ein kleines, dickes Männlein aufgeregt hin und her. Es hatte einen Kugelbauch und dünne Ärmchen und Beinchen. Es war so hell und leuchtend, dass Knuddel kaum hinschauen konnte.

„Na endlich wirst Du mal wach, glaubst Du eigentlich ich bin zum Vergnügen und aus lauter Langeweile hier? Warum musste der Herr Mond auch ausgerechnet mich als Boten schicken, gibt es doch genügend andere die er hätte beauftragen können. Aber diese jungen Dinger schießen ja ständig ihre Strahlen an der Erde vorbei, weil sie lauter Blödsinn im Kopf haben. Nichtsnutzigkeit. Was geht mich die Freundin von Herrn Mond eigentlich an? Ist mir doch egal wie es der Sonne geht. Also: Mein Chef ist der Mond, und die Sonne ist seine Freundin. Was der Chef sagt muss gemacht werden, jawoll, so wie ich die anderen Mondstrahlen ständig an ihre Pflichten erinnern muss. Obermondstrahl zu sein ist eine große Verantwortung."

Knuddel stand wie vom Donner gerührt und verstand gar nicht, was hier vor sich ging. Er musste schlucken, stand mit offenem Mund da und brachte kein Wort heraus.

Das aufgeregte Männlein sprach weiter:

„Gehe ich recht in der Annahme, dass sie Herr Knuddel sind, Sohn von Frau und Herrn Bär, wohnhaft Waldrand Immenwald, Ecke Lachwiese, geboren vor sieben Jahren, in der Nacht als Jupiter Mars kreuzte, Venus gegenüber Saturn lag, und in der Nacht als der Komet Calgul auf dem Mond einschlug?"

Der Bär wusste nicht, was er sagen sollte.

„Also auf jeden Fall bin ich mal Kuddel und wohne am Waldrand. Den anderen Blödsinn habe ich nicht verstanden."

Das Männlein pustete sich auf, wurde für einen Moment noch heller und hatte einen ganz roten Kopf.

„Also hören Sie mal, wenn ich Ihnen im Auftrag von Herrn Mond eine Nachricht von höchster Geheimnisstufe überbringe, die für die ganze Erde von erheblicher Bedeutung ist und dringendster Erledigung bedarf, dann ist es meine Pflicht, ja geradezu Berufung, doch zu überprüfen ob sie überhaupt der von Herrn Mond berufene Empfänger dieser Botschaft von erheblicher Bedeutung sind, die höchster Geheimnisstufe unterliegt. Also gut: Sie sind Herr Knuddel, also der Empfänger einer Botschaft. Na ja, sie wissen schon."

Er machte eine Pause und atmete tief durch. Dies gab Knuddel die Gelegenheit, nun auch etwas zu sagen:

„Was wollen Sie denn von mir? Was für eine Botschaft? Warum holen Sie ausgerechnet mich nachts aus dem Bett?"

Das Männlein schien verdutzt, schien noch ganz mit der Personenüberprüfung beschäftigt zu sein.

„Also", sprach der Obermondstrahl weiter, „Haben Sie schon bemerkt, dass es regnet?"

Knuddel verdrehte die Augen.

„Ja natürlich, es regnet schon seit vielen Tagen", antwortete er genervt.

„Also gut, wir stellen fest es regnet", sprach der fremde Besucher weiter.

Er setzte wieder seine geschäftige Obermondstrahl-Mine auf.

„Haben Sie, Herr Knuddel, eine Idee warum es regnet?"

„Oh ja," Knuddel wurde langsam ungeduldig, „weil Wolken da sind aus denen Wasser fällt."

Der Bote nickte anerkennend.

„Jawohl, sehr schlau. Wir stellen fest es sind Wolken da. Und was ist nicht da?"

„Wie soll ich etwas sehen was nicht da ist ?", antwortete der Bär.

„Äh, wie wäre es denn mit der Sonne?"

„Wenn Wolken da sind kann man die Sonne eben nicht sehen!"

Jetzt wurde das Männlein traurig.

„Ja wenn das nur alles wäre, aber ich sage Ihnen, die Sonne ist richtig weg. Verschwunden, nicht da, vielleicht eingesperrt, vielleicht versteckt?"

Knuddel verstand gar nichts mehr.

„Jawohl, einfach weg."

Nun klang das Männlein förmlich.

„Ich habe den Auftrag Ihnen mitzuteilen, das mein Chef der Herr Mond, der ja der beste Freund der Sonne ist, mich beauftragt hat Ihnen mitzuteilen, dass die Sonne von den

Wolken gestohlen wurde. Der Grund dürfte sein: Jeder mag die Sonne, aber keiner mag die Wolken und den Regen."

So langsam wurde Knuddel einiges klar.

„Ach, ist das der Grund, warum es schon so lange regnet?"

„Äußerst schlau, genau darum geht es. Der Mond ist nur nachts bei der Arbeit und , kann ihr nicht helfen. Deshalb haben wir jemanden gesucht, der die Sonne besonders mag, keine Angst hat und schlau genug ist, um die Sonne aus den Händen der Wolken zu befreien. Und dabei ist die Wahl auf sie gefallen. Entweder sie, Herr Knuddel, helfen Ihr, oder es hört nie auf zu regnen."

Der kleine Bär war wie vom Donner gerührt.

„Ja aber wie soll ich das denn anstellen?"

„Das ist Ihre Sache. Ich habe jetzt meinen Auftrag erfüllt und kehre zum Mond zurück."

Er verneigte sich, stieg in die Luft und flog in Richtung Mond davon. Er wurde immer kleiner und war nach kurzer Zeit ganz verschwunden.

Knuddel ging wieder zu Bett, aber es dauerte doch einige Zeit, bis er wieder einschlief.

Am Morgen brauchte Mutter Bär mehrere Anläufe, bis ihr Sohn endlich aufstand. Sie war darüber ziemlich verwundert, denn eigentlich sprang Knuddel immer sofort aus dem Bett.

„Ja guten Morgen, wirst du vor lauter Regenkummer zum Langschläfer?"

„Nein Mutter, ich habe nur schlecht geträumt."

Er war sich wirklich unschlüssig, ob er den Besuch vom Obermondstrahl nur geträumt oder tatsächlich erlebt hatte und nahm sich vor, niemandem davon zu erzählen. Schließlich klang das Ganze doch viel zu unwahrscheinlich. Aber im Laufe des Tages wurde er immer wieder sehr unschlüssig und wusste am Ende nicht mehr, was er machen sollte. So griff er dann nachmittags zum Telefon und lud alle seine Freunde zu einer Geheimkonferenz in den alten Holzschuppen, der ein Stück hinter dem Bärenhaus stand.

Nach und nach kamen sie schließlich: Stachelspitz der Igel, Bingo der Biber vom Fluss, Rotauge das Reh, Elfi die Eule – um diese Zeit sehr verschlafen - und Hops das Kaninchen.

Zuerst fiel es Knuddeln schwer die richtigen Worte zu finden, denn er wollte ja nicht als Träumer oder als Dummkopf dastehen. Doch nach und nach verstanden die Freunde, dass er in einer ziemlich üblen Situation steckte. Auch ihnen erschien es sehr unwahrscheinlich, was der Bär da erzählte, aber am Ende kamen sie darin überein, die Sache mit der gestohlenen Sonne ernst zu nehmen. Außerdem war es ja schließlich auch etwas spannendes und ein wunderbares Spiel, das nicht durch schlechtes Wetter beeinträchtigt wurde. Immerhin gab es auch wichtige Punkte, die festgelegt wurden. Als erstes sollte die Eule versuchen, nachts mit dem Mondpersonal in Kontakt zu treten, um festzustellen, ob der Besuch vom Obermondstrahl und seine Botschaft wirklich echt waren. Außerdem wurde vereinbart, das sich der „Sonnenrat" – also Knuddel und seine Freunde - jeweils vormittags um 9 Uhr im Schuppen treffen sollte, um das weitere Vorgehen zu besprechen. Klar, dass Knuddel darin die Rolle des Anführers übernahm. Danach gingen die Freunde nach Hause, fest entschlossen, dem Bären zu helfen.

Knuddel war sehr erleichtert, denn er wusste, dass er mit der Befreiung der Sonne eine große Verantwortung übernommen hatte. Die Vorstellung, sie könnte nie wieder scheinen war geradezu ungeheuerlich.

Beim Abendessen hatte er wieder echten Bärenhunger und Mutter Bär freute sich, dass ihr Sohn wieder ganz der Alte zu sein schien. Nur das er eben etwas ernster dreinblickte – aber bei dem Wetter. In dieser Nacht schlief er auch besonders tief und fest.

Am nächsten Morgen konnte es Knuddel kaum abwarten, bis es endlich 9 Uhr war. Seine Freunde trafen einer nach dem Anderen ein und am Schluss kam Elfi majestätisch angeflogen.

„Hiermit eröffne ich die erste Sitzung des Sonnenrats" sagte Knuddel feierlich, „Ich erteile hiermit Elfi das Wort".

Elfi breitete einmal ihr Flügel aus, um zu zeigen, wie wichtig sie ist, dann begann sie zu berichten:

„Also, ich konnte es kaum glauben, aber heute Nacht flog ich so tief in den Himmel hinein wie noch niemals zuvor, und meine Eltern würden sehr mit mir schimpfen, wenn sie das wüssten. Aber je weiter ich von der Erde weg und in Richtung Mond flog, desto mehr winzig kleine Lichtkugeln traf ich. Diese wurden immer größer, je näher ich dem Mond kam. Schließlich traf ich eine ziemlich große und fragte sie, ob sie wüßte, wo es denn zur Sonne ging. Und was antwortete sie? Ihr von der Erde seid, vielleicht dumm, selbst der kleinste Mondstrahl weiß inzwischen, daß die Sonne nie wieder scheinen wird, weil sie gestohlen und entführt wurde."

Elfi machte eine Pause und genoss es, der Überbringer einer so wichtigen Nachricht zu sein. Den anderen hatte es die Sprache verschlagen und es herrschte tiefes Schweigen.

„Weißt du denn wo die Sonne jetzt ist?", fragte Hops.

„Ich weiß es nicht genau, aber ich glaube, sie ist da, wo sie sonst auch ist, aber dunkle, graue Wolken umhüllen sie, sodass kein Lichtstrahl zur Erde vordringen kann", antwortete die Eule.

„Gut, kein Problem. Dann nehme ich einen großen Stecken und haue die Wolken so lange, bis sie die Sonne wieder freigeben." Das war typisch Bingo. Er war ein wunderbarer Baumeister, aber nicht sehr klug.

„Nein, nein, so geht das nicht", sagte deshalb auch gleich das Reh, das eher sanftmütig veranlagt war.

„Na ja, sie werden die Sonne auch nicht freiwillig herausrücken.", meinte Hops.

Also ergriff wieder Knuddel das Wort:

„Gut, wir wissen jetzt, dass die Sonne tatsächlich in Schwierigkeiten steckt. Aber wir brauchen einen Plan, wie wir vorgehen sollen. Deshalb beenden wir das heutige Treffen, und jeder überlegt sich, was wir machen können".

Damit war die Versammlung zu Ende.

Tatsächlich überlegten alle Ratsmitglieder, wie sie der Sonne helfen könnten.

Den Eltern von Knuddels Freunden fiel natürlich auf, dass ihre Kinder mit besonders wichtigen Dingen beschäftigt waren. Aber sie bekamen nur zur Antwort, dass es um eine Angelegenheit „von höchster Bedeutung" ging, und sie zur Verschwiegenheit verpflichtet wären. Also lächelten die Väter und Mütter und fragten nicht mehr nach. Ihre Kinder schienen auch trotz des Regens ein neues, aufregendes Spiel gefunden zu haben.

In der nächsten Sitzung traten ja so mancherlei Ideen hervor, aber schließlich einigte man sich darauf, erst einmal festzustellen, wo sich denn nun wirklich die Sonne befand. Hierzu hatte der Hase eine wirklich gute Idee, schließlich kannte er sich darin aus, sich vorsichtig unbekanntem Gebiet zu nähern.

„Ich denke", begann er, „wir sollten jemanden nach oben bringen, der hinter den Wolken nachschaut, wo die Sonne ist". Ein kleiner Seitenblick auf den Igel ließ erahnen, wen er dazu auserlesen hatte. Doch zunächst meldete sich der Biber zu Wort: „Ist doch ganz einfach, wir bauen einen großen Drachen. Bei dem Wind ist es gar kein Problem ihn in die Luft zu kriegen, auch wenn er etwas größer und schwerer sein muß als allgemein üblich".

Stachelspitz wurde immer kleiner, und war schon auf dem Weg sich in eine stachelige Kugel zu verwandeln. Eigentlich wäre dies auch eine Aufgabe für Elfi gewesen, aber die hatte schon ausreichend Ärger mit ihren Eltern bekommen, weil sie sich so weit von der Erde entfernt hatte. Also musste Knuddel dem kleinen Igel das Ganze erst noch schmackhaft machen.

„Also gut, der leichteste und kleinste von uns ist Stachelspitz."

Jetzt war es herausgesagt.

„Stachelspitz, Du wirst das große Glück haben, von dort oben Dinge zu sehen, die bisher noch niemand zu Gesicht bekam".

Der Igel wurde nervös.

„Und wie soll ich mich an dem Drachen festhalten, ich falle doch wie ein fauler Apfel herunter!"

Wieder meldete sich Bingo.

„Keine Angst, wir bauen Dir so etwas wie eine Gondel oder einen Korb, an dem wir auch einen Sicherheitsgurt anbringen damit Du nicht herausfällst."

Stachelspitz schwieg, weil er merkte, dass der Ausflug hinter die Wolken bereits beschlossene Sache war – mit ihm als Hauptperson. Na ja, und er war schon auch ein bisschen stolz, eine so wichtige Aufgabe zu übernehmen. Schnell wurden die Aufgaben verteilt. Bingo und Knuddel sollten den Drachen bauen, Rotauge und Hops hatten den Korb zu flechten. Außerdem sollten alle so viel Drachenschnur mitbringen wie nur möglich.

Aber erst einmal ging ein jeder über Mittag nach Hause. So blieb auch jedem noch etwas Zeit, um zu überlegen, wie er die gestellte Aufgabe lösen konnte.

Sie hatten sich für zwei Uhr verabredet. Alle kamen pünktlich zu diesem Treffen. Bingo brachte eine kurze und eine lange Holzleiste mit. Knuddel hatte seiner Mutter ein großes, altes Laken abgeschwatzt und sich Nähgarn und große Nadeln geliehen. Rotauge brachte eine fahrbare Rolle mit, auf der sonst der Gartenschlauch aufgewickelt war. Außerdem kamen Unmengen von Schnur, kräftigem Zwirn und dünnere Seile zusammen. Hops hatte über Mittag lange Weiden besorgt. Werkzeug war im Schuppen sowieso ausreichend vorhanden. Also konnte sofort mit der Arbeit begonnen werden. Stachelspitz wurde zunächst etwas geschont, weil er noch immer etwas Angst hatte.

Es ging flott voran. Bingo und Knuddel legten die beiden Leisten übereinander, sodass ein Kreuz entstand, klebten es zusammen und umwickelten es zusätzlich fest mit Schnur. Fertig war der Rahmen. Dann legten sie das Ganze auf das Laken und schnitten es etwas größer aus, als der Rahmen war. Schließlich wurde der Rand umgeklappt und dicht hinter der Schnur zusammengenäht.

Der Hase und das Reh hatten inzwischen einen Korb geflochten und zusätzlich ein kräftiges Stück vom Laken befestigt, dass als Sicherheitsgurt dienen sollte. Als Letztes wurde der Korb in der Mitte der langen Drachenleiste befestigt.

Schnell war der Nachmittag vergangen, und jeder ging zufrieden nach Hause, weil endlich etwas geschah. Nur Stachelspitz war sehr nachdenklich, und schlief auch nachts ganz schlecht.

Am nächsten Vormittag kamen die Freunde wieder zusammen. Es wurde jetzt nicht mehr viel geredet. Das Wetter war genauso schlecht wie immer, aber heute freute man sich über den Wind. Der Drachen wurde hinaus auf die Wiese getragen, und Stachelspitz wurde in den Korb gesetzt. Mit dem Sicherheitsgurt wurde er festgebunden, damit er nicht hinausfallen konnte. Der Biber war bei der Schnurrolle geblieben, um deren Abrollen zu überwachen. Schließlich kam der große Moment: Der Drachen wurde aufgerichtet, sofort fing sich der Wind darin und schon ging es, mit dem Igel im Korb, rasch nach oben. Bingo gab mehr und mehr Schnur frei und schnell wurde der Drachen in der Ferne immer kleiner.

Stachelspitz wurde in seinem Korb hin und her geschleudert. Jede Windbö gab dem Drachen einen neuen Stoß und dem Igel wurde hundeelend und schwindlig. Zum Glück hörte niemand sein Jammern. Es ging immer höher, und so dauerte es nicht lange, bis er schließlich in den Wolken verschwand. Blitze zuckten angsteinflößend ganz in seiner Nähe auf. Der Donner folgte unmittelbar darauf. Er machte die Augen zu und rollte sich in seiner Angst eng zusammen. Noch nie hatte er so sehr gelitten, Tränen liefen ihm übers Gesicht und er dachte kein bisschen mehr daran, warum er hier oben war. Er ärgerte sich sogar über seine Freunde, die ihm diese Qual eingebrockt hatten. Dunkles Grau umgab ihn. Es dauerte noch einige Zeit, dann wurde es heller um ihn herum. Er ließ das schlechte Wetter unter sich und schaute von oben auf das Wolkenmeer. Jetzt schüttelte es ihn auch nicht mehr so schlimm im Korb hin und her. Schließlich machte er die Augen wieder auf. Von oben sahen die Wolken wie dunkle Watteberge aus. Obwohl der Korb noch schwankte, hatte er doch einen ganz guten Überblick über die Dinge, die von der Erde aus nicht mehr gesehen werden konnten. Und nach einigem Suchen fand er sie: Die Sonne war noch da, aber sie war von grauen Schwaden umgeben, die sich wie eine Hülle um sie herum verteilt hatten. Ab und zu waren trotzdem vereinzelte Sonnenstrahlen zu sehen, die durch die Lücken hindurch schienen. Ein freudiges Lächeln glitt über das Gesicht von Stachelspitz und freudig rief er aus:

„Hallo Sonne, ich bin es, der Igel Stachelspitz. Meine Freunde und ich, wir werden Dich befreien!"

Die Sonne schien ihm antworten zu wollen, doch ihre Worte gingen in einem unglaublichen Getöse unter. Der Drachen mit dem Korb bekam ungeheure Windböen zu spüren, sodass sich einzelne Weiden vom Korb lösten und sogar der Sicherheitsgurt riss. Stachelspitz krallte sich am Korb fest, längst hatte er sich wieder zu einer Kugel zusammengerollt. Gut, dass sich seine Stacheln in die Korbwand bohrten, so konnte er nicht herausfallen. Eine ohrenbetäubende Stimme drang an sein Ohr: "Dass ich nicht lache! Niemand wird die Sonne befreien, und schon gar nicht ein paar kleine Wichtigtuer. Nie wieder wird Sonnenlicht zur Erde dringen! Ha – ha".

Stachelspitz erstarrte. Die Worte kamen aus den Wolken, und der Wind schien noch immer zu versuchen ihn aus seinem Korb zu werfen. Nach und nach hörte das Geruckel wieder auf, und er stellte erleichtert fest, dass seine Freunde begonnen hatten, die Leine wieder einzuholen. Wieder begleite ihn Blitz und

Donner. Doch jetzt war er noch entschlossener der Sonne zu helfen und vergaß ganz und gar Angst zu haben.

Die Freunde hatten bemerkt, dass das Gewitter noch stärker geworden war, Blitz und Donner noch schneller auf einander folgten. Sie hatten große Angst um ihren Freund, und es tat ihnen sehr leid, den Igel solcher Gefahr ausgesetzt zu haben. Eiligst begannen sie die Schnur wieder einzuholen. Schließlich tauchte in den Wolken der Drachen wieder auf. Zuerst ganz klein, dann aber immer größer werdend. Elfi konnte nicht mehr an sich halten und flog ihm ein Stück entgegen, hatte aber bei dem Wind große Mühe, nicht davon geweht zu werden.

Endlich berührte der Drachen wieder die Erde und der Igel rollte aus dem völlig zerstörten Korb heraus. Er war völlig erschöpft und brachte zuerst kein Wort heraus. Doch nach und nach erzählte er, was er erlebt hatte. Staunend hörten ihm seine Freunde zu, und schließlich wurde er ganz rot, als ihm die anderen versicherten, wie mutig er gewesen ist. Gemeinsam brachten sie ihn nach Hause, erzählten seinen Eltern aber nicht, was passiert war, sondern sagten nur, heute ginge es dem Igel einfach nicht gut. Aber wieder wussten sie etwas mehr: Die Sonne stand tatsächlich da, wo sie immer stand, aber sie war von dunklen Wolken umgeben. Also mussten die Wolken weg!

Bei der nächsten Sitzung gab es ganz verschiedene Ideen. Bingo und Knuddel wollten den Wolken Angst machen und sie mittels Sylvester-Raketen verjagen. Stachelspitz wollte mit einem großen Bogen Löcher in die Wolken schießen, Rotauge wollte mit den Wolken verhandeln und fragen, ob sie Lösegeld haben möchten. Hops dachte an einen großen Haken, um die Wolken zur Seite zu ziehen, hatte aber auch keine Idee, wie der Haken darin befestigt werden sollte. Elfi schien sich damit abzufinden, nie mehr die Sonne zu sehen, schließlich war sie als Eule sowieso eigentlich nur nachts unterwegs. An diesem Tag kam man also zu keinem Ergebnis, und die Sitzung wurde auf den nächsten Tag verlegt.

Knuddel dachte den ganzen Tag darüber nach, was Stachelspitz erlebt hatte, und was der Obermondstrahl und Elfi nach ihrem Flug erzählt hatten. Er suchte nach dem Grund, warum die Sonne entführt worden war.

Vor dem Abendessen fragte Knuddels Mutter ganz beiläufig, ob er sich mit dem Laken verkleidet und Wüstenscheich gespielt hätte. Da kam ihm eine Idee. In der Wüste freuen sich die Menschen, wenn es regnet, denn das Wasser ist dort sehr kostbar. Und anders als hier, würde dort jede Wolke ganz herzlich begrüßt werden. Dort hatte man nämlich viel zu viel Sonne, und es ist unerträglich heiß. Also stimmte es gar nicht, dass jeder die Sonne lieb hätte und den Regen nicht mögen würde. Vielleicht kannte nicht jede Wolke die warmen Gegenden auf der Erde. Eines wurde ihm klar, mit gewaltsamen Aktionen, wie es seine Freunde vorgeschlagen hatten, war der Sonne nicht zu helfen. Nach und nach nahm eine neue Idee in seinem Kopf Gestalt an, und er konnte kaum erwarten, bis es Zeit zum nächsten Treffen des Sonnenrates war.

Wieder begannen Knuddels Freunde damit, ihre verschiedenen Ideen kundzutun. Es sah so aus, als würden sich alle darauf einigen, einen riesengroßen Blasebalg zu bauen, mit dessen Wind man die Wolken einfach zur Seite pusten könnte.

Doch der Bär hatte anderes im Sinn.

Wieder begannen Hops und Rotauge einen Korb zu flechten. Aber viel größer und schwerer, mit einem stärkeren Sicherheitsgurt.

Die anderen waren unterwegs, suchten alle Freunde und Bekannten auf. Schließlich hatten sie eine Unzahl an Luftballons zusammen. Jede Farbe, Größe und Gestalt war vorhanden. Ebenso wurde nochmal Drachenschnur gesammelt. Jetzt wurde tatsächlich auch ein Blasebalg gebraucht, aber hier genügten ganz normale Maße, weil damit nur die Ballons aufgepustet werden mussten.

Der Nachmittag war also wieder einmal damit vergangen, benötigtes Material zu sammeln. In dieser Nacht konnte Knuddel schlecht schlafen, schaute aus dem Fenster und hoffte, ein Mondstrahl könnte ihm sagen, ob seine Idee die richtige wäre.

Aber auch diese Nacht verging, und um 9 Uhr traf Knuddel seine Freunde. Wieder wurde nicht viel gesprochen. Diesmal stieg er selbst in den Korb und band sich mit dem letzten Rest des Lakens sorgsam fest. Der Korb war an der Schnur der Gartenschlauchrolle festgemacht. Und ebenso waren am Korb unzählige Schnüre befestigt, die am anderen Ende mit einem Luftballon verbunden waren.

Jetzt waren es nicht nur die schon bekannten Freunde, die die Luftballons aufbliesen, sondern auch alle Freunde und Bekannten, die ein jeder so hatte. Auch wenn sich Fuchs und Gans von einander fernhielten, so legten sie heute jeden Streit beiseite. Sie waren vom Sonnenrat informiert worden, warum es soviel regnete, und nicht einer verweigerte seine Hilfe. So dauerte es nicht lange, bis sich der Korb mit Knuddel darin immer mehr aufrichtete und sich in die Lüfte erhob.

Der Bär war viel schwerer als der Igel, trotzdem wurde auch er vom Wind hin und her geschleudert, ständig in der Angst aus dem Korb zu fallen. Je höher er kam, desto heftiger wurde das

Wetter. Die Wolken schienen sich einen Spaß daraus zu machen, dem unerwünschten Besucher zu zeigen, wie mächtig sie doch sind. Blitz an Blitz reihte sich und der Donner wurde zu einem Getöse, das nicht zu enden schien. Der Wind peitschte den Korb hin und her als hätte er gar kein Gewicht. Auch so mancher Luftballon ging dabei zu Bruch, sodass Knuddel Angst hatte nicht hoch genug zu kommen oder einfach wieder auf die Erde zu stürzen. Aber Knuddel war fest entschlossen, dass zu Ende zu bringen, was er sich vorgenommen hatte. So ging es unter Dröhnen und Lichtblitzen immer höher, bis er schließlich von oben auf das graue Wolkenmeer schauen konnte. Längst war das Seil, das ihn mit der Erde verband gerissen. Er schaute ihm noch nach und sah, wie es nach unten fiel. Nun war er den Wolkenmächten noch mehr ausgeliefert und sie konnten ihn hinpusten, wo immer sie wollten. Aber er wollte nicht zeigen, welche Angst er hatte, er war gekommen, um mit den Wolken in Kontakt zu treten. Und was er sich vornahm, wollte er auch zu Ende bringen. Er schaute über den Rand seines kaputten Korbs und wusste zunächst nicht, wohin er sich wenden sollte. Da löste sich ein Fetzen des grauen Wolkenmeeres und verformte sich zu einem Gesicht mit Augen, Nase und einem spöttisch nach oben gezogenen Mund.

„Ich habe bereits deinem Freund gesagt, dass Ihr es niemals schaffen werdet, die Sonne zu befreien. Aber Ihr wollt ja nicht hören, also mache Dich darauf gefaßt, nie mehr zur Erde zurück zu kommen. Meine Freunde, die Winde, werden Dich in das Weltall pusten und Du wirst weder Deine Freunde noch die Sonne jemals wiedersehen!"

Knuddel klopfte das Herz bis zum Hals. Seine Mission schien noch viel schwieriger zu werden, als er gedacht hatte. Er nahm allen Mut, alle Kraft zusammen und bemühte, sich ruhig und freundlich zu klingen:

„Ach, guten Tag, Herr oder Frau Wolke. Schön Sie zu treffen. Ich habe Sie schon lange gesucht."

„Ha,ha,ha", tönte es zurück.

„Denkst Du wirklich ich glaube Dir, dass Du mich gern triffst? Wir haben die Sonne gefangen, und dabei bleibt es. Für wie dumm hälst du mich eigentlich?"

Knuddel sprach übertrieben freundlich.

„Ach wissen Sie, ich wollte sie nicht beleidigen. Aber ich habe einen Freund, der gern mal wieder eine Wolke sehen würde, und auf Regen wartet."

„Ach ja, und was soll das für ein Freund sein, der sich über Regen freut?"

Knuddel begann, die Wolke in ein Gespräch zu verwickeln.

„Ich meine meinen Freund Achmed, er ist ein Kamel und wohnt in der Wüste."

Die Wolke schien verwundert zu sein.

„Hab ich noch nie gehört, was ist ein Kamel ? Und was ist die Wüste?"

Knuddel war auf dem richtigen Weg.

„Ach, das wissen Sie nicht, waren also noch nie dort?"

„Nein, ich habe hier mein Zuhause, es sieht nur so aus als würden die Wolken überall hin unterwegs sein".

„Also", begann Knuddel zu erklären, „Die Wüste ist wie ein riesengroßes Land und besteht nur aus Sand. Ganz selten stehen ein paar Bäume beieinander, das nennt man dann Oase. Die Sonne hat alles weggebrannt und es ist unerträglich heiß. Weil es so warm ist kommt nur ganz selten eine Wolke vorbei und läßt wenige Tropfen fallen."

„So ein Quatsch", kam es zurück, „uns Wolken ist egal wie warm es ist, schließlich kühlen wir alles ab."

„Eben, deshalb mag jeder in der Wüste die Wolken und den Regen, damit die Sonnenglut mal aufhört und die wenigen Tiere und Pflanzen Wasser bekommen."

Die Wolke wurde nachdenklich.

„Hm, das hieße ja, in der Wüste mögen alle die Regenwolken und nicht die Sonne."

„Nun ja, es ist nicht so, daß sie die Sonne überhaupt nicht mögen, aber der Regen ist überall wichtig. Auch bei uns, sonst würde ja nichts wachsen."

„Willst Du damit sagen, dass Du den Regen magst?"

„Ich mag die Sonne und den Regen, beide sind zum Leben wichtig."

Die Wolke war neugierig geworden.

„Woher soll ich wissen, ob du die Wahrheit sprichst?"

„Ich habe keinen Grund die Unwahrheit zu sprechen, hast Du doch gesagt ich komme nie mehr zur Erde zurück?"

Darauf gab die Wolke keine Antwort. Es war eine Zeitlang ganz still. Plötzlich bemerkte Knuddel, wie es unter ihm heller, und in seinem Korb wärmer wurde. Und kurz darauf verzogen sich die Wolken, die die Sonne umhüllt hatten. Das Gesicht war verschwunden. Er war ganz verblüfft und rief:

„He Wolke, wo willst Du hin?"

Aus weiter Ferne hörte er die Antwort:

„In die Wüste!"

Knuddel war immer noch von Wind umgeben, aber er wurde nicht mehr herumgeschubst. Weil er ja zur Erde zurückmusste, stach er mit einer Nadel in einige Luftballons. So ging es langsam wieder nach unten. Manchmal verspürte er einen kleinen Lufthauch. Und er merkte, dass es die Winde waren, die ihn diesmal sanft auf die Wiese zurückbrachten, auf der seine Freunde vor lauter Freude im Sonnenlicht herumsprangen ...

Germaringen, 2000

Brombulux

Alles ging rasend schnell. Irgendwie kam Brombulux ins Rutschen, die Strahlen, die ihn sonst an seinem Platz festhielten, wurden dünner und länger, bis sie nur noch dünne Fäden waren, die schließlich mit einem singenden Ton – zing! – einfach rissen. Er kam ins Trudeln, alles um ihn herum drehte sich. Immer schneller und schneller, bis er schließlich gar nicht mehr wusste, wo oben und unten, links oder rechts ist. Wie in einem großen Strudel purzelte er weiter, bis ihn schließlich eine Strömung des Weltalls erfasste und ihn mit sich nahm. Nach einiger Zeit hörte das Gekugel auf und er konnte erkennen, wie er sich immer mehr von der Milchstraße entfernte und auf einen blauen Punkt irgendwo im Weltall zuraste. Alle Versuche, gegen die Strömung anzukämpfen, schlugen fehl, obwohl er äußerlich keine Schäden zu haben schien. Schnell wurde der blaue Punkt größer und es dauerte nicht lange, bis Brombulux erkannte, dass er sich auf einen fremden Stern zubewegte. Er hoffte inständig, dieser Planet würde auch Festhaltestrahlen haben, so wie er es von zuhause kannte. Wenn nicht, was dann?

Immer größer wurde dieser fremde Stern, bis er wie eine Mauer vor ihm auftauchte. Ohne sich dagegen wehren zu können, schlug er auf einen harten Boden auf. Viele seiner Strahlarme knickten wie Streichhölzer um. Von irgendwo kam Licht und er wusste, er würde nie wieder nach Hause steuern können und in dieser zunehmenden Helligkeit für immer verglühen…

***

Christof schlief wie alle Kinder sehr tief und fest. Das gleißende Licht, das Zischen und den Aufschlag einer hellen Kugel nahm er zwar kurz wahr, dachte aber, er würde träumen und schloss wieder die Augen, um sofort wieder einzuschlafen. Als sich allmählich der Tag ankündigte und der Mond sich zu verabschieden begann, wurde er nochmals wach. Irgendwo hörte er ein klägliches Gewimmer. Es war ein ganz merkwürdiges Geräusch. Zischen und Schnauben schien sich mit leisem Weinen abzuwechseln. So etwas hatte er noch nie gehört. Deshalb machte er sein Fenster ganz weit auf, lehnte sich hinaus und suchte nach der Ursache dafür. Im Garten lag eine Kugel. Sie hatte viele dünne Stangen, so dünn wie Draht, von denen leuchtende Strahlen ausgingen. Woraus die Kugel bestand, war nicht zu erkennen. Sie sah aus wie eine große, runde Glühlampe, nur viel heller, so dass er kaum hinsehen konnte. Er traute seinen Augen nicht, das „Ding" schien zu leben, denn es gab diese seltsamen Geräusche von sich. Es schien sich auch zu bewegen, erschien aber hilflos und schwach.

Schnell zog sich Christof an und ging leise die Treppe hinunter, um seine Eltern nicht zu wecken. Er öffnete die Tür und näherte sich vorsichtig dem fremden Ungetüm. Es machte klägliche Bewegungen, die aber zu keinem Erfolg führten. Als er ganz nah dran war, hörte er das Gewimmer und aus der Mitte der Kugel hörte er „es" sprechen:

„Guten Tag Sternerich, ich bin XW23.17/14 aus dem südwestlichen Teil der kurzen Milchstraße, die bloß 189 Millionen Strahlungen lang ist. Und wer bist du?"

Christof stockte der Atem. Schließlich antwortete er:

„Was bist Du denn für eine abgestürzte Glühlampe?"

„Ich habe mich bereits vorgestellt, aber was auch immer eine Glühlampe ist, das bin ich nicht, sondern XW23.17/14 aus dem südwestlichen Teil der Milchstraße, die bloß 189 Millionen Strahlungen lang ist."

„Bitte entschuldige, ich möchte nicht unhöflich sein. Mein Name ist Christof, ich wohne hier in diesem Haus."

„Also gut Christof, vielleicht kannst Du mir ja helfen. Schalte doch bitte zunächst den strahlenden Ballon aus."

Zunächst wusste Christof nicht, was die Kugel meinte. Aber eine Bewegung schien in Richtung der aufgehenden Sonne zu weisen, und so zeigte er auf sie und fragte:

„Meinst Du diesen Ballon?"

„Ja, selbstverständlich. Wenn es heller wird, werde ich innerlich verglühen."

Christof bekam einen gewaltigen Schreck.

„Aber das ist die Sonne, die kann ich nicht ausschalten, außerdem ist sie endlos weit weg."

„Schnickschnack", bekam es zur Antwort.

„Na gut, dann kann mir niemand mehr helfen."

„Musst Du, Du musst jetzt wirklich sterben?", fragte Christof ängstlich.

Die Kugel hauchte ein leises „ja". Irgendwie konnte sich der inzwischen frierende Junge damit nicht abfinden und suchte angestrengt nach einer Lösung. Schließlich fragte er:

„Und wenn es dunkel wäre?"

„Na dann, würde ich eben nicht verglühen."

Da kam Christof die rettende Idee:

„Ich bringe Dich in den Keller und hänge Dir einfach eine Decke um."

Noch bevor der Stern antworten konnte, sprang der Junge auf und lief davon. Wenig später kam er zurück und zog seinen großen Bollerwagen hinter sich her, auf den er eine zwar alte, aber große Decke gelegt hatte. Er war erstaunt, wie leicht der Stern war, als er ihn vorsichtig auf den Wagen legte und sorgsam in die Decke einhüllte. Dann ging es vorsichtig in den Keller hinunter, und es war ein erleichtertes Seufzen zu hören. Christof schob ihn in eine möglichst dunkle Ecke. Als er nach oben ging, war es fast schon Tag und er freute sich, zunächst einmal das Schlimmste verhütet zu haben. Nun überkam ihn nochmals die Müdigkeit und er ging zu Bett und schlief sofort ein.

„Christof, du Langschläfer, möchtest du heute kein Frühstück"?, weckte ihn das laute Rufen seiner Mutter. Zuerst wollte er sich noch einmal im Bett umdrehen, dann fiel ihm aber schnell das in der Nacht Erlebte ein und er verspürte den Drang, in den Keller zu gehen, um nachzuschauen, ob sein neuer Freund noch da wäre. Also ging er sich kurz waschen, zog sich schnell an und hastete die Treppe hinunter. Vater war schon auf dem Weg zur Arbeit, seine Mutter begann in der

Küche zu hantieren, also brauchte er keine Angst zu haben, überrascht zu werden.

Vorsichtig näherte er sich dem Bollerwagen und hob vorsichtig die Decke hoch. Der Stern war noch da, leuchtete noch matt und gab ein Geräusch von sich, das ein wenig wie Schnarchen klang.

„Hallo…", sagte Christof leise, bekam aber keine Antwort.

Da wusste er, dass die Lichtkugel schlief. Gern hätte er sich mit ihr unterhalten, wollte aber nicht stören. So ging er wieder nach oben und suchte in seinem Weltraumatlas die Milchstraße. Er fand heraus, dass sie unvorstellbar weit und riesengroß ist. Mehr gab das Buch nicht her und mit den vielen dort genannten Namen konnte er nichts anfangen. Er überlegte hin und her, was er nun machen sollte. Wie konnte man einem Stern helfen, wieder nach Hause zu kommen? Wieso kam er überhaupt auf die Erde? Brauchte er auch etwas zu essen und zu trinken? War es überhaupt erlaubt, einen Stern im Keller zu haben, oder musste man die Polizei verständigen? Fragen über Fragen. Es half nichts, er musste unbedingt mit seinem Vater darüber sprechen. Der würde sicherlich sehr staunen, wüsste aber bestimmt, was zu tun ist. So wartete Christof sehr ungeduldig, bis sein Vater von der Arbeit nach Hause kam.

Der Zeiger der Uhr bewegte sich an diesem Tag nur sehr langsam, aber schließlich hörte er, wie das Auto vorfuhr und in die Garage gefahren wurde. Kurze Zeit später öffnete sich auch die Haustür und sein Vater kam herein.

„Hallo Papa, ich habe einen Stern gefunden, den ich Dir unbedingt zeigen muss. Er ist im Keller und schläft noch, aber vielleicht ist er auch wach und schnarcht nicht mehr!"

Der Angesprochene runzelt die Stirn. Er war überzeugt, der Junge hätte zu viel Fantasie. Also antwortete er:

„Ach Christof, es war ein anstrengender Tag, ich möchte erst mal etwas essen."

Und lächelnd fügte er hinzu:

„Lass Deinen Stern ruhig noch etwas schlafen."

Christof biss sich auf die Lippe. War es eine gute Idee, seinem Vater von dem Stern zu erzählen?

Nach dem Essen sprach sein Vater mit seiner Mutter über den vergangenen Tag, las die Zeitung und wollte sich eigentlich ausruhen. Aber vorsichtig sprach ihn Christof noch einmal an:

„Du Papa, mit dem Stern…"

Der Vater hatte wenig Lust, sich mit seinem Sohn zu unterhalten. Aber da Christof so hartnäckig war, schaute er auf und hörte ihm zu. Vorsichtig begann der Junge:

„Papa, in dieser Nacht kam ein Stern zu uns…“

Schweigen.

„Der ist bei uns im Garten gelandet.“

Schweigen.

„Der verglüht, wenn es Tag ist.“

Schweigen.

„Jetzt liegt er im Keller und ist vielleicht wieder wach.“

Diesmal war ein Seufzer die Antwort.

„Bitte komme doch mit in den Keller und schaue selbst nach...“

Christofs Vater wollte seine Ruhe haben.

„Ach, Junge, was soll denn dieser Quatsch?“

Aber er stand auf und folgte seinem Sohn. Im Keller war es erstaunlich hell und als Christof die Decke vom Bollerwagen nahm, traute er seinen Augen nicht.

„Was ist das denn für eine Lampe hier im Keller?"

Er war wie vom Donner gerührt, als die scheinbare Lampe antwortete:

„Was heißt denn hier Lampe? Ich habe Ihrem Sohn schon gesagt, wie ich heiße. Ich habe inzwischen nachgedacht und ich habe herausgefunden, dass ich in Ihrer Straße Brombolux heiße. Ordentliche Leute stellen sich erst einmal einander vor. Also, wie heißen Sie?"

Es folgten einige Sekunden des Schweigens. Was der Mann hier erlebte, war wirklich ungeheuerlich.

„ Also…, mein Name ist Buchter, Harald Buchter."

„Wie heißen Sie denn nun, Harald oder Buchter?"

„Äh, das kommt darauf an, wie alt Sie, oder wie alt Du bist. Also Erwachsener oder Kind."

Prompt kam die Antwort:

„Sieht man doch, dass ich noch ein junger Stern bin. Ich bin erst siebzehn Milliarden dreihundertfünfzehn Millionen achthundertundsechzig Tausend und ein paar Monde alt. Also schön, Du bist also Harald."

Der Mann brachte kaum noch ein Wort heraus.

„Was ist, hat es Dir die Sprache verschlagen?"

Christofs Vater musste lachen.

„Ich glaube ja. Entschuldige, aber so etwas habe ich noch nicht erlebt, vielleicht sollte ich die Leute von der Sternwarte anrufen, die können sicherlich mehr mit Dir anfangen."

Aber das wollte Brombulux auf keinen Fall.

„Schnickschnack, die werden mich in ein riesengroßes Reagenzglas stecken, bei Licht anschauen und gar nicht merken, dass ich dann innerlich verglühe."

Der Mann nickte.

„Na ja, untersuchen würden Die Dich schon…"

Brombulux merkte, dass der Vater durchaus Verständnis für ihn hatte und sprach aus, was ihn beschäftigte.

„Na also. Bitte sei doch so gut und hilf mir, wieder nach Hause zu kommen."

Jetzt klang die Stimme sehr traurig und weinerlich. Christofs Vater verlor seine Überraschung und bekam Mitleid mit diesem etwas eigensinnigen, aber doch liebenswerten Stern.

„Wo kommst du denn eigentlich her? Und was ist mit Dir passiert?" Jetzt war es an Brombulux, zu seufzen:

„Ich komme vom südwestlichen Rand der kleinen Milchstraße. Dort ist es meine Aufgabe, das Dunkel des Weltalls mit Licht zu füllen, so wie andere Sterne auch. Das ist keine schwere Arbeit, meine Antennen leuchten von allein, wenn ich sie aufrichte. Sie dienen mir auch als Antrieb. Außerdem habe ich Haltestrahlen, die mir helfen, das Gleichgewicht zu bewahren. Das ist wichtig, weil es in der Milchstraße manchmal glatt ist, wenn man nicht ständig den eigenen Standort putzt."

Jetzt machte er eine kleine Pause, aber der Vater merkte schon, worauf der Stern hinaus wollte.

Brombulux sprach weiter.

„Na ja, wenn man nicht genug putzt, dann….Also bin ich eben ausgerutscht, dann sind die Haltestrahlen gerissen und eine Strömung hat mich hierher getragen. Da hier alles furchtbar hart ist, habe ich mir bei der unliebsamen Landung viele Antennen verbogen. Deshalb kann ich nicht genug Licht erzeugen, um ausreichend Antrieb zu entwickeln. Also bleibe ich hier und warte, bis ich verglühe…"

Es war nicht zu sehen, aber der Stimme war zu entnehmen, dass der Stern weinte. Jetzt hatte der Mann wirklich Mitleid mit dem

Stern und begann zu überlegen. Brombulux machte seinen Platz nicht sauber und flog geradewegs unfreiwillig auf die Erde, wo er sich die Antennen verbog.

„Also, Brombulux. Jetzt bleibst du erstmal hier im Keller, ich werde niemandem von Dir erzählen. Du bist also zunächst mal sicher. Ich nagle auch das Fenster zu, damit Du nicht unter hereinstrahlendem Licht zu leiden hast. Was Deine Antennen betrifft, so werde ich mir etwas überlegen."

Daraufhin war Brombulux so dankbar, dass er sich vornahm, ganz besonders für diese Menschen zu strahlen, falls er wieder nach Hause käme.

Wie versprochen nagelte der Vater eine große Holzplatte vor das Fenster und der Stern erwachte zu neuem Leben. Er erzählte Christof von seinem Leben, von der Milchstraße und dem ganzen Universum. Der Junge hörte gespannt zu und erfuhr Dinge, die sonst kein Mensch wusste. So wurden sie gute Freunde, der abgestürzte Stern und der Junge. Auch der Vater konnte in der Nacht wenig schlafen, er überlegte, wie er helfen könnte. Die Antennen mussten wieder gerade gebogen werden. Aber aus welchem Material waren sie? Konnte man sie überhaupt verbiegen, ohne sie zu zerbrechen? Schließlich waren sie hauchdünn. Außerdem waren es viele, die bei dem Aufschlag kaputt gegangen waren. Machte er sich eigentlich strafbar, wenn er die Polizei nicht informierte? Ihm gingen viele Fragen durch den Kopf und er war todmüde, als er am nächsten Morgen wieder zur Arbeit musste.

An diesem Tag kam er später von der Arbeit zurück. Er trug eine große, schwere Einkaufstüte unter dem Arm, auf der die Aufschrift „Baumarkt" prangte. Mutter fragte nicht viel, wunderte sich nur über das merkwürdige Verhalten ihres Mannes und ihres Sohnes, lächelte aber, denn schließlich schien es sich um ein „Männergeheimnis" zu handeln.

Gleich nach dem Abendessen gingen die beiden Geheimnisträger in den Keller. Brombulux hatte sich gut erholt, war bester Stimmung und begrüßte seine Menschenfreunde sehr herzlich. Vater öffnete die Tüte von Baumarkt und es kamen viele verschiedene Zangen und Hämmer zum Vorschein. Der Stern freute sich zwar über den helfenden Tatendrang des Erwachsenen, hatte aber ein mulmiges Gefühl. Diese Instrumente schienen nichts Gutes zu verheißen.

„Also Brombulux, jetzt machen wir Dich wieder startklar", sagte der Vater.

Zunächst untersuchte Christofs Vater vorsichtig die Antennen. Sie schienen auf aus Metall zu sein, aber aus welchem? Er nahm er eine flache Zange zur Hand und näherte sich einer Antenne mit besonders auffälligem Knick. Beherzt drückte er die Zange zusammen, um die erste Antenne zu richten. Aber kaum drückte er, da gab Brombulux einen herzzerreißenden Schrei von sich:

„Au, aua oh je oh je… aufhören – sofort! Au, autsch."

Erschrocken wich der Mann zurück. Er hatte es nur gut gemeint und wollte doch nur helfen. Doch Brombulux konnte sich kaum beruhigen. Es dauerte ein wenig, bis er wieder reden konnte. Er weinte verzweifelt und sagte:

„So etwas habe ich noch nie erlebt, wie ein gewaltiger Stich, der mich erzittern lässt und den ich blitzartig überall spüre. So muss es sich anfühlen, wenn ich verglühe!"

Vater dachte einen kurzen Moment nach, dann war ihm klar, was Brombulux beschrieb: Er hatte bei der Berührung mit der Zange einen gewaltigen, elektrischen Schlag bekommen. Also war es nicht möglich, die Antennen auf diese Art und Weise zu richten.

Auch in dieser Nacht schliefen Christof und sein Vater nur wenig. Es war zum verrückt werden, wie sollte man diese verflixten Antennen geradebiegen? Hm, er hatte einen elektrischen Schlag bekommen. Also mussten die Antennen etwas mit Strom zu tun haben, oder mit…. Wenn das Eisen Metall wäre, dann würde es heißen, die Eisenzange hat zu so etwas wie einem Kurzschluss geführt. Wie kann man dünnes Eisen dazu bringen, die Richtung und Lage zu ändern? Dem Vater kam eine Idee. Am nächsten Tag verzichtete der völlig übermüdete Mann auf sein Abendessen und ging sofort mit seinem Sohn in den Keller. Brombulux freute sich über deren Besuch, hatte aber nach der schlechten Erfahrung vom Vortag ein komisches Gefühl. Der Mann zog ein großes Metallstück aus der Tasche, das wie ein großes Hufeisen aussah. Vorsichtig näherte er sich damit erst dem Stern und dann noch vorsichtiger einer einzelnen, verbogenen Antenne. Das Metall hatte die Antenne noch nicht berührt, da reagierte sie und näherte sich dem Hufeisen. Christof verstand sofort, dass es sich um einen Magneten handeln musste, den sein Vater in der Hand hielt. Diesmal schrie Brombulux nicht, es schien ihm nichts auszumachen. Wie von Geisterhand löste sich der Knick und die Antenne war wieder kerzengerade. Sie schien sogar in die richtige Richtung zu zeigen. Der Stern war völlig verblüfft, als er merkte, dass die Reparatur der Antenne gelungen war. Wahrscheinlich liefen ihm innerlich nicht vorhandene Tränen herunter.

Es waren viele Antennen zu richten, sodass an diesem Abend nicht alle gerade gebogen werden konnten. Aber die Menschen schliefen in dieser Nacht tief und fest, während sich der Stern vornahm, seinen Platz in der Milchstraße nie wieder verschmutzen zu lassen. Na ja, er war ja auch noch nicht auf dem Rückweg.

Am nächsten Abend dauerte es noch einige Zeit, bis Brombulux wieder in seinem ganzen Glanz erstrahlte. Doch es war Wochenende, niemand musst früh aufstehen und zur Arbeit fahren. Deshalb stellte sich der Vater seinen Wecker auf Mitternacht. Er weckte Christof und ginge mit ihm wieder in den Keller.

„So Brombulux, jetzt kannst Du wieder zu Deinen Freunden in die Milchstraße zurückfliegen."

Brombulux schluchzte, brachte kein Wort heraus, er war unendlich dankbar. Diesmal trug ihn Christof ganz besonders vorsichtig auf den Händen in den Garten. Weil es so dunkel war, leuchtete der Stern besonders hell und schön. Um den Menschen eine Freude zu machen, wechselte er mehrmals die Farben und schimmerte schließlich wie ein kleiner Regenbogen.

„Vielen Dank, dass Ihr mir so wunderbar geholfen habt. Ich hätte nie gedacht, dass ich nochmal nach Hause komme. Wann immer es in Euren Herzen dunkel zu werden scheint; schaut in den Himmel und mein Licht wird Euch leiten, damit Ihr niemals den rechtigen Weg verliert."

Brombulux erhob sich schwerelos etwas über den Boden, kreiste einmal um die Köpfe der beiden liebgewonnen Menschen und nahm dann Fahrt auf und war kurze Zeit später ihren Blicken entschwunden.

Manchmal schaut Christof in den Himmel und weiß, dass es dort einen Stern gibt, der ganz besonders für ihn leuchtet...

Landsberg, 2010

Tropf, der Quellengeist

Fröhlich sprudelte das Wasser aus dem schmalen Spalt in der Erde, spritzte und überschlug sich in immer neuen Figuren. Drehte sich und sprang umher, wie eine übermütige Ballerina auf der Bühne.

Ein kleines Bürschlein schaute diesem Treiben zu und achtete darauf, dass nichts den Fluss des Wassers behinderte, denn das war seine Aufgabe als Quellengeist. Er sah so aus, wie er hieß, nämlich „Tropf", eben genauso wie ein Wassertropfen. Seine Zauberkräfte halfen ihm aufpassen. So konnte er eine andere Gestalt annehmen und Steine, Äste oder andere Hindernisse einfach durch die Luft fliegen lassen. Die Kraft und Energie dazu lieferte ihm die Quelle, die sich so bei ihm bedankte.

Seitdem es diese Quelle gibt – und das ist ziemlich lange – war er auf Posten und schaute auf dieses kleine Rinnsal. Die Tiere des Waldes waren seine Freunde und kamen oft vorbei, um zu trinken oder sich abzukühlen. Der Spatz hatte ihm erzählt, dass irgendwo in der Ferne aus dem Rinnsal ein Bach, aus dem Bach ein Fluss, und aus dem Fluss ein riesiger, breiter Strom würde.

Er selber konnte dem Fließen nur ein kleines Stück hinterherschauen, denn dann nahm der Wasserlauf eine Kurve. Nur allzu gern hätte er einmal gesehen, wie es dahinter aussieht.

Doch der dichte Wald versperrte wie ein großer, grüner Vorhang den Blick darauf. Manchmal trug der Wind fremde Gerüche herüber, oder Geräusche, von denen er nicht wusste, ob sie Gutes oder Böses verrieten.

Heute war ein schöner, warmer Frühlingsmorgen. Die Vögel zwitscherten sich die neuesten Nachrichten zu, und die Bäume wogen sich sanft rauschend im warmen Föhn. Auch Tropf freute sich auf die neue Jahreszeit, die das Erwachen der ganzen Natur in sich barg. Er warf einen prüfenden Blick auf die Quelle und stellte fest, dass sich das aus der Erde hervor arbeitende Wasser ungehindert seinen Weg bahnte. Ein Blatt hatte sich von der danebenstehenden Eiche gelöst, sank pendelnd zur Erde herab und fiel dann ins Nasse. Wurde kurz umspült, kam wieder an die Oberfläche, wurde vom Wasser mitaufgenommen und floss wie ein kleines Schiff davon, bis es Tropf hinter der Biegung aus den Augen verlor.

Sein Fernweh wurde immer stärker, bis es schließlich nicht mehr auszuhalten war. Mutig entschloss er sich dazu, sich wie das Eichenblatt im Wasser treiben zu lassen. Wenigstens ein kleines Stück, vielleicht nur bis hinter die Biegung…

Er dachte ganz fest daran, und schwupp-diwupp, hatte er die Form und das Aussehen des Blattes, und schwupp-diwupp nahm ihn das Rinnsal auf und trug ihn sanft auf der Oberfläche davon. Hier und da stieß er irgendwo an, doch das war nicht so schlimm. Er tat sich dabei nicht ernsthaft weh.

Es war einfach herrlich, so dahinzuschwimmen, die Umgebung aus ganz neuer, unbekannter Perspektive anzuschauen. Das Auf und Ab der kleinen Wellen mitzumachen. Schnell war er um die Biegung herum, und sah zum ersten Mal eine Wiese, auf der Rehe herumsprangen. So große Tiere hatte er noch nie gesehen.

Nach und nach stieg die Sonne höher am Himmel, und in seiner Gestalt als Eichenblatt wurde es auf der oberen Hälfte sehr warm, und auf der nach unten gerichteten Seite im Wasser merklich kühler. Deshalb fühlte er sich bald etwas benommen, und entfernte sich immer weiter von der Quelle. Plötzlich tauchte neben ihm eine große, blaue Bachforelle auf, beäugte das vermeintliche Blatt und biss dann herzhaft mit seinen kleinen, aber scharfen Zähnen hinein.

„Autsch – Du spinnst wohl!", protestierte Tropf vehement. „Wenn Du mich nochmal beißt verwandele ich Dich in einen Quellenstein!"

„Nanu, ein Blatt das sprechen kann?", kam es verblüfft zurück.

„Ich bin Tropf – und wer bist Du?"

„Siehst Du doch – ein Fisch!"

„Ah ja, ich hab' davon gehört."

„Also, nichts für ungut", damit tauchte der Fisch unter und schwamm elegant von dannen.

Allmählich wurde der Bach breiter und das Wasser entwickelte eine Strömung, die den Geist immer schneller mit sich nahm. Er merkte nicht, wie weit er sich von der Quelle entfernte. Immer unbarmherziger brannte die Sonne herunter, und Tropf fühlte sich schlechter und war nicht mehr an der Umgebung interessiert. Er spürte, es war nun Zeit, nach Hause zu kommen. Also sammelte er sich, und schwupp-diwupp – passierte gar nichts. Obwohl es ihm schwerfiel, riss er sich zusammen und probierte es noch einmal: schwupp-diwupp. Noch immer war er das Blatt, das nun unbarmherzig vom Wasser mitgenommen wurde. So verzweifelt er auch war, er konnte seine Geistgestalt nicht annehmen und sich auch nicht zurück zu seiner Quelle zaubern. Immer schneller bewegte er sich davon, das Rinnsal war längst zum Bach geworden. Er hörte ein bedrohliches Rauschen, sah, dass er sich auf große, spitze Steine zubewegte, die die Gicht aufspritzen ließen. Dazwischen stürzte das Wasser hindurch. Ohne das es ein Halten gab, wurde Tropf hin und her, und gegen die Hindernisse geworfen. Ging unter, um im nächsten Moment wieder irgendwo hart aufzuprallen. Dann wurde es mit einem Mal wieder ruhiger, aber der Geist merkte nicht, wie er an das Ufer geschwemmt wurde; ihm tat alles weh.

Dann verfing er sich in den Ästen eines überhängenden Gebüschs und blieb kraftlos liegen. Er verlor jede Hoffnung, jemals wieder zu seiner Quelle zurückzufinden. Er schloss seine unsichtbaren Augen und weinte und jammerte leise vor sich hin. Lange blieb er so liegen, und die Sonne näherte sich dem Horizont, um unterzugehen.

Irgendwann hörte er aus der Ferne Laute, die ihm bekannt vorkamen. Rief da nicht jemand seinen Namen? Es war der Spatz.

„Du hörst Dich an wie mein Freund Tropf, aber Du bist doch ein Blatt. Wie kannst Du seine Stimme haben?"

 Er wusste nicht, was er davon halten sollte.

Jetzt nahm der Quellengeist noch einmal alle seine Kraft zusammen:

„Ich bin doch Tropf. Ich habe mich nur in dieses Blatt verwandelt, weil ich sehen wollte, was hinter der Biegung ist."

Der Spatz erkannte ihn nun wieder.

„Weißt Du denn nicht, dass es die Quelle ist, die Dir die Zauberkraft gibt? Je weiter Du Dich von ihr entfernst, desto weniger Energie hast Du. Hier kannst Du nichts zaubern, sondern Du musst dringend zurück, wenn Du hier nicht als Blatt verwelken möchtest."

„Ich weiß, aber wie soll ich denn zurückkommen?"

„Keine Sorge", sprach der Vogel, schnappte vorsichtig mit dem Schnabel nach dem Stengel des Blattes und erhob sich in die Luft. Tropf ging es immer noch schlecht, aber jetzt wusste er, es geht zurück zu seiner Quelle.

Als ihn der Spatz langsam und vorsichtig absetzte, blieb er einen Moment erschöpft liegen. Aber nach und nach fühlte er sich besser, und schwupp-diwupp, da war er wieder der alte Tropf und der glücklichste Quellengeist der Welt …

Landsberg, September 2017

Inhaltsverzeichnis

Die Romanauszüge

Die Kindergeschichten

Ebenfalls von Winfried Kersten erschienen

Fantastische Island-Stories
von Elfen, Wikingern und Touristen

Erhältlich im Buchhandel oder im Buchshop von www.bod.de
ISBN 9-783-751-900-393